泰戈尔笔下的人生

[印] 泰戈尔 ◎著
[中] 白开元 ◎编译

目 录

译　序 / 1
人生之旅 / 1
出　生 / 4
孩子天使 / 5
起名字 / 6
童年杂忆 / 9
留学英国 / 13
我的父亲 / 21
五哥的实业梦 / 25
青春的梦幻 / 27
二十七岁上人生走向大致定格 / 28
孟加拉新婚夫妻的对话 / 30
站在泪海的欢乐莲花上的新娘 / 34
省　亲 / 36
爱的含义 / 38
理想的爱情 / 40
爱情吟 / 42
创造中最神奇的是"美" / 44
女人是河水 / 47
女人和男人 / 49
男人和女人的不同秉性 / 51

女人一半是梦幻 /53

少　女 /54

一个人是一个谜 /56

每一天是一笔财富 /57

人的语法中没有所有格 /60

告别青春 /62

人生和演戏有许多相同之处 /64

周围全是陌生人 /66

一生不过是一瞬间的事儿 /68

人的一生中总会有停歇之时 /70

踩着一个个瞬息走完人生旅程 /73

人的三个故乡 /74

人的个性 /75

人　性 /78

短暂人生和永恒人生 /81

我曾经是一棵树 /83

我的大千世界 /85

岁月不留人 /89

生与死 /91

我不怕死 /93

死亡之我见 /94

我脚下的路 /96

友谊和爱情 /98

忠　诚 /100

纯正的谦虚 /102

痛　苦 /104

痛苦的快乐 /108

我不追求远离红尘的解脱 /110

社会中的解脱 /111

年过半百 / 113

两种欲望 / 117

内心世界和外部世界 / 120

百分之九十三的人生 / 123

模仿的烦恼 / 127

奢侈的绞索 / 131

远离奢华 / 135

耳聋的安逸 / 136

仁慈的食肉者 / 138

零 / 140

惧　内 / 141

人类对动物的残忍 / 142

印度的婚姻制度 / 144

众生相 / 151

旅英印度人中的假洋人 / 155

我深爱这片热土 / 160

老佃农 / 162

化缘者 / 164

印度教徒和穆斯林 / 167

诗歌是我的老情人 / 171

咏　爱 / 172

悼念亡妻 / 174

天各一方 / 179

我的人生轨迹 / 181

甘地的绝食斗争 / 184

佛　陀 / 188

客死印度的瑞典人 / 189

红颜知己 / 193

莎士比亚 / 195

中国情结 / 197
  ——我有一个中国名字 / 197
  ——诗赠林徽因 / 198
  ——支持中国人民抗战的公开信 / 199
  ——在欢迎画家徐悲鸿仪式上的讲话 / 201
和爱因斯坦的世纪对话 / 203
七旬回眸 / 211
夕阳感悟 / 217
跨进八十岁的门槛 / 220
文明的危机 / 222
期待来世 / 228
一百年之后 / 230
我爱过人也被人爱过 / 231
踏上返回永久故乡的旅程 / 232

译 序

罗宾德拉纳特·泰戈尔（1861—1941）是印度文坛泰斗。他从八岁开始练习写作，一直到逝世前口授最后一首诗《你创造的道路》，创作生涯长达七十余年，为后人留下一千余万字的各类文学作品。

人生，是泰戈尔作品重大题材之一。

在本书的开篇中，泰戈尔深刻指出，爱是人生之旅最重要的川资。每个人来到人间，便成为人生之路上的旅人。爱是人生旅程的动力。在旅途中人们互相帮助，彼此奉献真爱，才能在人生之路上阔步向前。

作为亿万旅人中的一员，泰戈尔一路走来，畅饮了亲情、爱情和友情的琼浆。

泰戈尔出身于书香门第，排行第十四。善良的母亲对他这个小儿子极为疼爱，生活上关怀备至。大部分时间在山区游历修行的父亲，则主要通过在学习印度古代典籍方面的严格要求，表露他深沉的慈爱。泰戈尔几位兄长是著名文学家、剧作家，不爱上学的泰戈尔，在他们的淳淳诱导和热情鼓励下，走上了文学之路。青年泰戈尔在英国留学，受到包括卡先生一家人在内的英国人的友善关照，使他得以愉快地消度时光，深感"三生有幸"。初入文学殿堂，泰戈尔成为文学大师般吉姆的忘年交。他受到般吉姆鼓励和提携，渐渐蜚声文坛。1893年，才华横溢、英俊潇洒的二十二岁的泰戈尔，与十一岁的穆丽纳里妮结为伉俪。在贤内助的理解、支持下，泰戈尔从事的教育事业得以顺利发展。在办学经费短缺的时候，泰戈尔得到查尔斯·弗里伊·安德鲁斯等人的鼎力相助，他创办的小学逐渐成为一所进行广泛国际交流的大学。由于诗人叶芝等英国作家的大力推荐，泰戈尔以诗集《吉檀迦利》于1913年荣获得诺贝尔文学奖，成为获此荣誉的第一位东方作家，从此驰誉世界文坛。

泰戈尔的人生之路上，处处盛开着他培育的博爱之花。

泰戈尔爱自己的儿女，爱普天下的儿童。他创作了大量优秀儿童诗，用一枝彩色神笔描绘了儿童纯净、奇特的内心世界和绚丽多彩的生活画面，感人至深地表现了孩子与父母的骨肉之情。他爱印度人民，想方设法为改善贫苦群众，尤其是乡村佃农的命运而不懈努力，在进行文学创作的同时探寻救国救民之路。他呕心沥血地创办了国际大学，把诺贝尔文学奖和圣蒂尼克坦的全部财产捐赠给国际大学，为印度培养了大批人才。泰戈尔早于圣雄甘地20年提出了建立合作社的构想，在距国际大学不远的斯里尼克坦购置旧房，进行集体农业发展的最初试验。泰戈尔的宏伟计划是在斯里尼克坦为印度树立几座模范村，继而在全国推广合作社制度，为亿万农民找到脱贫之路。在英国殖民统治时期，泰戈尔耗费大量精力，虽然未能完全实现他的两大目标，但他忧国忧民的拳拳赤子之心，期望国民共同富裕的美好理想，彰明昭著，令人敬佩。他无比热爱自己的祖国。在民族独立运动蓬勃发展的日子里，泰戈尔与群众一起走上街头，示威游行，在集会上慷慨激昂地发表演讲，并以诗笔为武器，写了许多充满爱国激情的诗作和歌曲，其中有传唱了半个世纪并将一代代传唱下去的印度国歌《印度命运的主宰》和孟加拉国国歌《金色的孟加拉》。

泰戈尔以"我爱过人，也被人爱过"九个字，高度概括了他不平凡的一生。

泰戈尔在热情歌颂人间真善美的同时，剖析了形形色色的人物，无情地贬斥假丑恶。他在《盲目崇拜》中，对在传统习惯的驱策下盲目崇拜的社会现象作了全面分析；在《旅英印度人中的假洋人》中，对崇洋媚外的拙劣行径作了辛辣讽刺；在《化缘者》中，以幽默的语言，描绘了某些神职人员阿谀奉承谋求好处的伪善面目；在《客死印度的瑞典人》中，严厉抨击缺乏人性的殡葬制度；在《模仿的烦恼》中对无聊地模仿老爷派头洋洋得意的人作了善意批评；在《奢侈的绞索》和《远离奢华》中，状写了讲排场比阔气的不良社会风气，揭示了产生这种追求享受的深层次原因，提倡"与淡泊相伴"，过简朴的生活。泰戈尔的真知灼见，在社会财富日益扩大、人们生活水平不断提高的今天，仍有启示意义。

泰戈尔在他的寓言诗中，通过动物、植物的对话和情态描写，抒发个人情思，从而折射出各种人的性格特征。《敌对的自豪》是对邪恶势力阻挡历史车轮的狂悍的鞭挞；《至亲》中鄙视泥灯、奉承皓月的煤油灯身上，不难看到欺凌平民、攀附权贵的小人的影子；《实践》、《狂妄》暗喻对眼高手低、不学无术者的善意嘲讽；《恩赐的高傲》解析了以微薄之力企盼不断回报的狭隘心理；《互骂》中的"棍子"和"木条"，是某些吹毛求疵、专挑别人毛病的人的生动写照；《错觉》告诫人们不要想入非非，这山望着那山高；《宽阔的胸襟》倡导的是爱护弱小的高尚行为；《愿望》借甘蔗和芒果之口道出一个真理：善于学习他人的优点，能够逐步达到完美境界；《承担责任》、《贫者的报答》中对晨月、树根、泥灯、雨云的赞美，也是对忠于职守、大公无私的奉献精神的赞美；《自己的和给予的》给人的启示是：世无完人，有一分热发一分光，就能实现了人生价值。

在泰戈尔的人生大书中，中国情结是灿烂的一章

泰戈尔20年岁那年在《婆罗蒂》杂志上发表著名文章《鸦片——运往中国的死亡》，揭露英国殖民主义者向中国倾销鸦片，毒害中国人民的罪恶行径，对水深火热中的中国人民表示深切同情。1924年泰戈尔的中国之行，是中印文化交流史上的一段佳话。在近代的著名外国作家中，没有第二个人像他那样热心于加强两国文化纽带，没有第二个人像他那样赠诗给中国文化名人，同时获得寓意深刻的中国名字，也没有第二个人像他那样创建过中国学院，接待过徐悲鸿、徐志摩等

中国著名文化使者。他在中国学院首届开学典礼上，发表热情洋溢的讲话《中国和印度》，在两国复修的交往大道上竖起一座丰碑。抗日战争爆发后，泰戈尔两次致信日本诗人野口，严正驳斥他为侵华日军烧杀抢掠的滔天罪行所作的狡辩。他不仅撰写文章声援中国人民，而且抱病率领国际大学艺术团在加尔各答进行义演，呼吁印度人民向中国提供各种形式的物质援助。他在《支持中国人民抗战的公开信》中预言：胜利的种子正播入你们的心中，并将一次次证明，它是不朽的。泰戈尔虽未能亲眼看见中国人民抗战的胜利，但历史发展完全证实了他的预言。

我国著名学者季羡林先生这样评价泰戈尔："在八十年的漫长的人生旅途中，他始终不是一个把自己关在象牙之塔中的、不食人间烟火的印度古代的仙人。他关心自己民族的兴亡，反对殖民主义和帝国主义的掠夺，抗议英国的鸦片贸易，抗议法西斯的横暴，抗议日本军国主义分子侵华，关心周围的社会，同情弱小者、儿童和妇女，歌唱世界大同。所有这一切都表露在他的文学创作中。他既是低眉慈目的菩萨，又是威猛怒目的金刚。他这些优点永远值得我们学习。"

周恩来总理1957年应邀访问国际大学，在欢迎大会上赞扬泰戈尔是"憎恨黑暗、争取光明的伟大印度人民的杰出代表，中国人民永远不能忘记泰戈尔对他们的热爱。中国人民也不能忘记泰戈尔对他们的艰苦的民族独立斗争所给予的支持。"

作为杰出诗人，泰戈尔轻车熟路地运用诗歌语言和艺术诠释了他的人生观。

拟人化手法，在他的作品中广为运用。比如，《忠诚》中写道："忠诚"是"我们在沙漠之路上唯一的旅伴"，"它从不骄傲，从不提出什么要求，大功告成的日子，躲藏起来是它的幸福。"把忠诚这个抽象概念，以及忠诚的特质，描写得生动真切，易于理解。《起名字》中这样写道："苍茫大地当即说道：'来吧，来吧，让我把你搂在怀里！'高空的星辰微笑着对她表示欢迎，说：'你是我们中间的一员。'春天的鲜花说：'我为你准备了甜蜜的水果。'雨季的云彩说：'我已净化了你举行灌顶大礼的雨水。'"诗人通过大地、星辰、鲜花、云彩的话语，阐述了自然界万物和新生儿的密切关系，表达了社会民众对儿童的真诚爱护。

泰戈尔常以新奇的意象阐明人生和社会现象的本质。如《人生之旅》中诗人写道："爱情若葬入坟墓，旅人就是倒在坟上的墓碑。""倒在坟上的墓碑"这个令人毛骨悚然的意象，让人受到强烈震撼，深刻领悟到无爱的人享受不到一丝人生乐趣，虽生犹死；无爱的人生是多么枯朽，多么凄凉，多么悲惨！在《印度教徒和穆斯林》中，"两轮马车的两只车轮朝相反的方向转动"，这个怪异的意象，形象地表现了由于殖民当局的挑拨离间，国大党和穆斯林联盟的领导人彼此心存芥蒂；印度教徒和穆斯林这两大教派，各想各的，各行其是，互不支持，甚至常常因宗教习俗发生教派冲突，致使反帝爱国运动严重分裂，南亚大陆产生两个国家的可悲历史和现实。

泰戈尔擅长以空灵的意境诗化他的哲思。关于生与死，他写道："灿亮的生命之岛四周，日夜翻涌着死亡之海的无尽的歌曲。"诗人所说的生死，不是一般人理解的人的出生和寿终，而是微观世界中的生死。这样的生死，不是对立的，是两样不可分开的东西，生中有死，死中有生。这样的死，不过是一个休止符，其中繁衍着生。这样密集的死亡汇成大海，时刻在生命周遭吟唱赞歌。诗人的生死观有合理成分。人体内无时不发生细胞的生死，每个人和一秒钟之前的自己，其实是不一样的，只是从外表不易察觉而已。在《我脚下的路中》，诗人回头远眺，只见"路上凝聚着无数支被遗忘的足迹的赞歌，凝结着颂神的琴曲。"这悠远的意境，充溢对习见的路的新鲜感受。在诗人的笔下，路，是一部厚重的活的历史，记载了无数支被遗忘的志士仁人的赞歌，收编了无数支颂赞神明的琴曲；又是人类奇大无比的档案馆，收录了亿万过往旅人的生平事迹。每一个人，来到人世，不过是在路上走一遭而已，在路上留下的足迹很快就变成看不见的史实。这让人感悟到时间、空间的无限，个人的渺小，进而思考如何珍爱生命，把毕生的精力投入造福人类的事业之中。

2009年，本书作为纪念泰戈尔诞辰150周年的译本之一出版，受到国内读者的关注和欢迎。此次再版，重新校对了译文，并增加了10篇，以便完整呈现泰戈尔对人生的独特识见。

本书若对读者尤其是青年读者理解人生有所启迪，解读人生之书有所帮助，译者将感到莫大的欣慰。

白开元

人生之旅

我在路边坐下来写作,一时想不起该写些什么。

树荫遮盖的路。路畔是我的小屋,窗户敞开着,第一束阳光跟随无忧树摇颤的绿影,走进来立在我面前,端详我片刻,扑进我怀里撒娇。随后溜到我的文稿上面,临别的时候,隐隐留下金色的吻痕。

黎明在我作品四周崭露。原野的鲜花,云霓的色彩,凉爽的晨风,残存的睡意,在我的书页里浑然交融。朝阳的爱抚在我手迹周遭青藤般地伸延。

我前面的行人川流不息。晨光为他们祝福,真诚地说:祝你们一路顺风。鸟儿在唱吉利的歌曲。道路两旁,希望似的花朵竞相怒放。启程时人人都说:请放心,没有什么可怕的。

浩茫的宇宙为旅行顺利而高歌。光芒四射的太阳乘车驶过无垠的晴空。黎明笑吟吟的,臂膀伸向苍穹,指着无穷的未来,为世界指路。黎明是世界的希冀、慰藉、白昼的礼赞,每日开启东方金碧的门户,为人间携来天国的福音,送来汲取的甘露。与此同时,仙境奇葩的芳菲唤醒凡世的花香。黎明是人世旅程的祝福,真心诚意的祝福。

人世行客的身影落在我的作品里。他们不带走什么。他们忘却哀乐,抛下

祝你们一路顺风

每一瞬间的生活的负荷。他们的欢笑悲啼在我的文稿里萌发幼芽。他们忘记他们唱的歌谣，留下他们的爱情。

是的，他们别无所有，只有爱。他们爱脚下的路，爱脚踩过的地面，企望留下足印。他们离别洒下的泪水沃泽了立足之处。他们走过的路的两旁，盛开了新奇的鲜花。他们热爱同路的陌生人。爱是他们前进的动力，消除他们跋涉的疲累。人间美景和母亲的慈爱一样，伴随着他们，召唤他们走出心境的黯淡，从后面簇拥着他们前行。

爱情若被锁缚，世人的旅程即刻中止。爱情若葬入坟墓，旅人就是倒在坟上的墓碑。就像船的特点是被驾驭着航行，爱情不允许被幽禁，只允许被推着向前。爱情的纽带的力量，足以粉碎一切羁绊。崇高爱情的影响下，渺小爱情的绳索断裂；世界得以运动，否则会被本身的重量压瘫。

当旅人行进时，我倚窗望见他们开怀大笑，听见他们伤心哭泣。让人落泪的爱情，也能抹去人眼里的泪水，催发笑颜的光华。欢笑，泪水，阳光，雨露，使我四周"美"的茂林百花吐艳。

爱情不让人常年垂泪。因一个人的离别而使你潸然泪下的爱情，把五个人引到你身边。爱情说：细心察看吧，他们绝不比那离去的人逊色。可是你泪眼蒙蒙看不见谁，因而也不能爱。你甚至万念俱灰，无心做事。你向后转身木然地坐着，无意继续人生的旅程。然而爱情最终获胜，牵引你上路，你不可能永远把脸俯贴在死亡上面。

拂晓，满心喜悦的旅人，前往远方，要走很长很长的路。沿途没有他们的爱，他们走不完漫长的路。因为他们爱路，迈出的每一步都感到快慰，不停地向前；也因为他们爱路，他们舍不得走，脚抬不起来，走一步便产生错觉：已经获得的大概今后再也得不到了。然而朝前走又忘掉这些，走一步消除一分忧愁。开初他们啜泣是由于惶恐，除此另无缘由。

你看，母亲怀里抱着婴儿走在人世的路上。是谁把母子联结在一起？是谁通过孩子引导着母亲？是谁把婴儿放在母亲怀里，道路便像卧房一样温馨？是爱变母亲脚下的蒺藜为花朵！可是母亲为什么误解？为什么觉得孩子意味着她"无限"的终结呢？

　　漫长的路上，凡世的孩子们聚在一起娱乐。一个孩子拉着母亲的手，进入孩子的王国——那里储藏着取之不竭的安慰。因着一张张细嫩的脸蛋，那里像天国乐园一般。他们快活地争抢天上的月亮，处处荡漾着欢声笑语的波澜。但是，你听，路的另一侧，可爱无助的孩子在啼哭！疾病侵入他们的皮肤，损坏花瓣似的柔软肢体。他们纤嫩的喉咙发不出声音；他们想哭，哭声消逝在喉咙里。野蛮的成年人用各种办法虐待他们。

　　我们生来都是旅人。假如万能的天帝强迫我们在无尽头的路上跋涉，假如严酷的厄运攥着我们的头发向前拖，作为弱者，我们有什么法子？启程的时刻，我们听不到威胁的雷鸣，只听见黎明的诺言。不顾途中的危险、艰苦，我们怀着爱心前进。虽然有时忍受不了，但有爱从四面八方伸过手来。让我们学会响应不倦的爱情的召唤，不陷入迷惘，不让惨烈的压迫用锁链将我们束缚！

　　我坐在络绎不绝的旅人的哀泣和欢声的旁边，注望着，深思着。我对他们说："祝你们一路平安，我把我的爱作为川资赠给你们。因为行路不为别的，是出于爱的需要。愿旅人们在旅途互相帮助，彼此奉献真爱。"

出 生

"我是从哪儿来的？你是从哪儿把我捡来的?!"孩子问他的妈妈。

妈妈把孩子搂在怀里，眼含泪水笑着回答：

我的宝贝，你是我的希望，过去藏在我的心里。

你曾在我小时候玩的泥娃娃身上，每天早晨我用泥土塑造我的神像，我一次次把你塑成又一次次把你捏碎。

你和我们家的守护神肩挨着肩坐在神龛里，我膜拜守护神，也膜拜了你。

你曾活我的全部希望和爱情里，活在我的生命里，活在我母亲的生命里。

你在管辖我们家的慈祥女神的膝盖上，已养育了几个时代。

我还是姑娘的时候，我的心花展瓣，你像馥郁的花香散发出来。

你的娇柔细嫩，在我青春的胴体上花一样绽放，似日出前天空的霞光。

你是天国的头号宠儿，晨光的孪生兄弟，你在世界的生命之河上飘来，最终泊在我的心灵之港。

我凝视你脸蛋的时候，奥秘淹没了我：属于大家的你怎么成了我的?

我怕失掉你，把你紧抱在怀里。究竟是什么法术将你这世界的珍宝送到我柔弱的臂弯里？"

孩子天使

他们唇枪舌剑,大吵大嚷;他们满心怀疑和失望,不知道如何结束他们的辩论。

我的孩子,让你的生命像一缕不颤的纯光,射到他们中间,使他们愉快地安静下来。

他们的贪婪和嫉妒非常残忍;他们的话语,犹如暗藏的渴求吮血的匕首。

去吧,我的孩子,站在他们郁闷的心田,并让你天真无邪的目光落在他们的心灵上,如同黄昏豁达的安宁,覆盖白日的争斗。

我的孩子,让他们望着你稚嫩的脸,从而颖悟万物的含义。让他们爱你,从而能够互爱。

来吧,我的孩子;坐在"无限"的怀中。红日东升时,像鲜花绽放那样,扩展你敞开的心;夕阳西下时,低下你的头,静静地完成一天的礼拜。

孩子天使

起名字[1]

这个女孩是欢乐的生动形象，那天不知她从哪儿降落在她母亲的暖怀里，缓缓地睁开眼睛。当时她赤裸着，默默无言，全身没有力气。但踏上凡世的那一刻，她大声对茫茫宇宙提出自己的强烈要求。她说水是我的，土壤是我的，日月星辰是我的。在这浩茫的世界上，这幼小的女孩初来乍到，没有露出丝毫惶惑和迷茫的表情。这儿好像有她永恒的权力，有她早已熟知的景物。

能请身居要位的显赫人物写一封充满赞扬的荐举信，等于开辟一条在陌生国度的王宫里受到热烈欢迎的道路。在凡世降生的那天，这女孩娇嫩的小手确也握着一封无形的荐举信。是宇宙的至高无上者[2]把署上自己大名的一封信递到她手中的。信中说：这个女孩曾和我形影不离，你们若给予关怀，我将感到无比欣慰。

所以，谁还能将她拒之门外呢！苍茫大地当即说道："来吧，来吧，让我把你搂在怀里！"高空的星辰微笑着对她表示欢迎，说："你是我们中间的一员。"春天的鲜花说："我为你准备了甜蜜的水果。"雨季的云彩说："我已净化了你举行灌顶大礼的雨水。"

就这样，降生之时，自然之宫的朱门对她开启了。父母的慈爱也由自然酿造了。婴儿啼哭宣告自己存在的那一刻，陆地、河流、天空以及父母立即发出欢呼。她无需再等待。

然而，还余留着另一种诞生，也就是她要诞生于人类社会。起名字

---

[1] 本篇系泰戈尔为查格拉尔的女儿起名字时所作的讲话。
[2] 指印度神话中的创造大神梵天。

的日子就是她另一个生日。临世的那天，她有了形体，步入自然。今日，她又有了姓名之躯，朝社会迈出了第一步。呱呱坠地时，父母立即承认她是他们的骨肉。但如果她只是父母的，可以不起名字；每天用新名字叫她，不会增加他人的损失。可是，她不仅属于父母，她也属于全社会，亿万人的劳作、知识和爱情的巨大宝库是为她建造的。人类社会要给她一个姓名之躯，把她当作社会成员。

为孩子起名字

人的美姿和精神风貌通过姓名之躯得以表现出来。人起的名字包含全社会的期望和祝福。所以无论如何不能让名字遭到侮辱，变得黯淡无光，而要使名字富于尊严，凭借美感和圣洁在人们心中获得不朽的席位。但愿肉体消失的那一天，姓名之躯依然在人类社会的心殿闪闪发光。

我们经过商议，给这个女孩起名为"阿咪达"，孟加拉语中阿咪达的意思是无边无际。这个名字寓意深长。我们看到世人的界限的地方，她不受限制。咿呀学语的她，不知道我们为她起名字是多么高兴，不知道外面日新月异的变化，不知道自己拥有什么财富——这样的茫然不知也是不受限制的。

当她长成倩女，她会找到自己的极限？那时她难道不比她熟悉的自己高大得多？人的无限突破自身的界限，这难道不是人最显著的特点？人看清本相的那天，获得撕碎渺小之网的力量，不承认既得利益是人生目标。他接受永久的福祉，认为它原本就是属于自己的。真正理解人的伟人的心目中，我们不是俗人，他对我们说："你们是天堂的儿女。"

我们呼唤名叫阿咪达的天堂的女儿进入我们的社会，祝愿这个名字使她终生铭记诞生的伟大意义。

在印度，为孩子起名字的同时，第一次让他吃饭，这两者有深刻的内在联系。婴儿只占据母怀的日子，乳汁是他的食物，不容他人分享。今日，这女孩有了姓名之躯，进入人类社会，开始品尝民众的食物。人类享用的米饭的第一勺米饭，今日让这个女孩享用。为做这一勺米饭，全社会出了力——某地区的某位农夫，头顶烈日，栉风沐雨，种植水稻；某一位挑夫运送稻谷；某一位商人在市场出售大米；某一位顾客把大米买回家；某一位厨师煮熟米饭，最后送到女孩的嘴里。这女孩一到人类社会就有人侍奉，社会拿出自己的佳肴款待贵宾。这件事本身含义深广，人类以此宣告：我承认我拥有的一切也有你的一份。你将听懂我的名人的格言，享受我的伟人修行的成果，我的英雄慷慨献身将完美你的人生，我的工人开辟的道路上将继续你的人生旅程。但这女孩并不知道她今天赢得了神圣的权力。让今天的良辰在她和她的一生中开花结果！

此时，我们深深地感到，人不只诞生在一个领域，也就是说，他不仅生在自然界，也生在福善的天地；不仅生在生灵的世界，也生在慈爱和欢乐的世界。自然界是一目了然的，在江河、陆地和花果中间随处可见，可它并非人最急需的栖息地。看不见的爱情和德行，扩展着自己繁多的创造，那充满知识、爱情和善举的欢乐世界，是人梦寐以求的。

何等荣幸，这个女孩！何等荣幸，我们每一个人！

童年杂忆

从昨夜起天空乌云翻滚,大雨滂沱。树木哑巴似的呆立着,鸟儿停止啼叫。眼前的雨景使我想起了童年时的黄昏。

我们儿时喜欢在佣人的房间里消磨时光。当时,拼写、背诵英文单词的烦闷的黄昏,还没有压到我的肩上。三哥极力主张,首先要把孟加拉语的基础打结实,然后再学英语。因此,跟我年龄差不多的孩子摇头晃脑地背诵 I am up(我在上面)He is down(他在下面)的时候,我的英语知识尚未达到拼读 b－a－d＝bad(坏) m－a－d＝mad(发疯)的程度。

名门富家的仆人的住处叫作"憩室",尽管家道中落,"憩室"、账房、正厅等名称仍死抱着我家的地基不放。说实在的,我家的境况已和穷人相差无几,几乎没有马车等排场的负累。庭院角落里罗望子树下的茅屋里,有一辆旧车,养着一匹老马。我的衣着十分朴素,很晚才穿袜子。早餐偶尔突破波罗吉沙尔订的菜谱,有块松软的面包和香蕉叶包的黄油,那高兴的劲儿,简直就和手捧着月亮一样。当时家里正教育大家,要坦然承认富裕的家境已衰败的现实。

少年泰戈尔

跟我们坐在席子上闲聊的仆人的头领，名叫波罗吉沙尔。他须发斑白，脸皮干枯，皱纹纵横交错，表情呆板，嗓音粗哑，说话啰嗦。他先前的主人是赫赫有名的富翁，如今屈尊照拂我们这群年少的无名之辈。据说他过去当过乡村教师，至今保持着教师的风度和语言习惯。他不说"先生们坐着"，而说"先生们正襟危坐地恭候着"。主人听了不禁哑然失笑。

他生性古板、孤傲，却极重视肢体的洁净。下池塘洗澡，两手"吧嗒吧嗒"推拨水上的浮油，然后"噌"地潜入水中。洗完澡上岸，走在果园的小径上，双臂向后作45度弯拱，这种姿势走路，似乎可以躲避天帝创造的凡世的污秽，保持种姓的圣洁。他谈论哪种行为正确，哪种举动荒谬，褒贬的倾向性十分明确。略驼的后背，增加了他言语的分量。可惜儒雅风度掩饰不住他的嘴馋。他伺候我们吃饭的方式与众不同，不是先把足够的饭菜盛在一只只盘子里，而是等我们落了座，手指捏着煎饼，摇晃着逐个询问："要不要再来一张？"从他的声调不难揣摩他企望的回答。我几乎每回都说"不要了"。他也就不再强劝。我素来对牛奶兴趣索然。但喝奶是他难以抑制的嗜好。他屋里碗柜里一只大铜碗，天天盛满牛奶，一只木盆里总有煎饼和菜肴，一只猫老在窗纱外转来转去地嗅着。

我从小习惯于尽量少吃食物，但不能说我少吃了身体瘦弱。比起食量大的孩子，我的力气大而不是小。我健康得可恶，想逃学逃不成，苦恼极了。折磨身体，照样不生病。一整天脚穿水泡湿的鞋子，也不着凉感冒。秋天睡在露天凉台上，露水濡湿头发、衣服，嗓子眼里仍听不到咳嗽的动静。我从未发现消化不良之类的肚痛的征兆。实在想逃学，只得对母亲撒谎说肚子痛得不行。母亲肚里暗笑，未露出一丝忧愁的表情。她把仆人叫去，吩咐说："去，告诉家庭老师，今天不必上课了。"

我那位守旧的母亲认为，儿子旷几节课，学业不会有损失。假若落到现在那些望子成龙的严厉的母亲手里，送回学校自不待言，耳朵也少不得被拧几下。

我母亲有时微微一笑,让我喝一口蓖麻油了事①。生病在我一向是件乐事。偶尔发烧,家里人不说是发烧,而说身子有些热。于是请来郎中尼勒麦达巴。我那时还没有见过体温表。他摸摸我的额头,开出第一天的处方:吞一口蓖麻油;禁食。给我喝的水也很少,而且是开水②。禁食后的第三天,吃的泡饭,喝的鱼汤,如同琼浆玉液。

我记不起发高烧是什么滋味。未听说患过疟疾,服过奎宁。泄药的王国里,只有蓖麻油。我身上未落下一块伤痕或疮疤。我至今不晓得什么叫麻疹、水痘。我的身体结实得过于顽固。如今

泰戈尔的母亲

的母亲想让孩子不得病,逃不出老师的手心,最好雇佣波罗吉沙尔这样的仆人。既省医药费,又省伙食费,尤其是掺假的机磨面粉和酥油盛行于市场的今日。

我每天傍晚听波罗吉沙尔讲葛里迪巴斯改写的共有七章的《罗摩衍那》史诗故事。名叫莎吐姬的女孩复习了一会儿功课也来听故事。《罗摩衍那》中的说唱词,波罗吉沙尔拖腔带调地背得下来。他端坐在席子上,把葛里迪巴斯抛到九霄云外,绘声绘色地表演:啊,出现了预兆。啊,凶兆,凶兆,大事不好……他面带笑容,秃顶闪闪发亮,儿歌般的唱词,像清泉汩汩流出他的喉咙。每行的韵脚铿锵有力,像水下敲击的鹅卵石。唱着,唱着,便手舞足蹈起来,把听众引入故事的情境之中。

---

① 那时印度人认为肚痛因消化不良引起,喝蓖麻油能润肠止痛。
② 印度人平时喝生水,生病才喝开水。

莎吐姬感到最大的遗憾是，她称之为大哥的我，空有一副好嗓门，不学波罗吉沙尔那样说唱，否则早已蜚声四海了。

夜深了。草席上的故事会散了。脊梁骨里装满对魔鬼的恐惧，我回到内宅母亲的房里。母亲正和伯母她们在打扑克。水磨石地板像象牙一样光洁，床上盖着床罩。我们几个孩子不停地捣乱，她无奈地掷下牌，说："伯母，您给他们讲个故事吧。"

我们在游廊里用陶罐里的水洗了脚，拽着堂祖母上床。故事从唤醒在地狱沉睡的公主开始讲起，讲了一半，唉，谁来唤醒我哩！

午夜，远处传来胡狼凄厉悠长的嗥叫，好似加尔各答某些旧宅颓垣下的哀泣。

留学英国

我的英国老师

我在我的老师家里住过几天。这是一个古怪的家庭。彼先生——属于中产阶层。他精通拉丁文和希腊文。他没有子女。他，他的妻子，我，一位女佣人，共四人，组成一个临时家庭。主人刚步入暮年，一天到晚嘟嘟囔囔，喜欢与黑暗做伴，住在楼下厨房旁边一间紧闭的昏暗的屋子里，门上方有一扇小窗。阳光不容易闯入他的屋子。小窗挂着布帘，四面墙边堆放着各种各样的拉丁文、希腊文书籍，上面积满灰尘，容貌狰狞。走进他的屋子，污浊的气息扑面而来，令人窒息。这间屋是他的书房，他在这儿看书、教书。他脸上总是一副愤世嫉俗的表情。靴子小，穿起来费劲儿，他生靴子的气。走路不小心，墙上的钉子勾住他的口袋，他会愤恨地皱眉头，嘴唇哆嗦。他是爱嘟囔、爱发牢骚的人，每走一步，都踩在牢骚的雷管上。他走进走出，由麻烦相伴；拉抽屉半天拉不出来，好不容易拉出来了，又找不到想找的东西。好几天早晨，我走进他的书房，只见他一个人坐在书房里，莫名其妙地把眉头拧成一团，"啊"、"喔"地练习发音。

彼先生其实是个好人。是的，他老嘟囔，但不发火；他什么都看不顺眼，但不跟人大吵大闹。原因是他不必对人发火，他有一只名叫泰尼的狗，是他的出气筒。泰尼稍不老实，他便厉声呵斥，白天黑夜踢得它缩成一团。我从未见他露出笑容。他这人不修边幅，穿的衣服脏兮兮的，好几处撕破了。他从前是一名牧师。我敢说，以前每个星期日他讲道，准对教徒展示地狱的恐怖情景。他那么忙，给那么多人上课，每天连吃饭的时间也没有。每日清晨起床，直到深夜十二点，他马不停蹄地忙碌，繁忙之中，发几句牢骚，不足为怪。

女主人是个非常善良的女人，从不发火，从不恶语伤人。年轻时也许长得很秀丽。如今看上去比实际年龄要老一些，戴一副老花眼镜，穿着很不讲究，自己动手做饭，做家务活儿，她没有孩子，所以事情不太多。她对我非常照顾。住了几天，就看出这对老夫妻之间没有很深的感情。但俩人并不因此展开激烈的唇枪舌剑。这个家庭相当平静地走向未来。

彼太太从不走进丈夫的书房。一天除了用餐的时候，两口子不打照面，不讲话。坐下吃饭，俩人一声不吭。吃了几口，俩人只和我交谈，彼此却无话可说。彼先生要吃土豆，他声音低沉地对太太说："几块土豆。"（他未说"请"这个字，也可能别人没听见）彼太太冷冷地说："我希望你说话客气点儿。"彼先生肯定地说："我说过'请'了。"彼太太立即说："我没有听见。"彼先生申辩道："那不是我的过错。"接着，两人的嘴打上了封条儿。我坐在中间，非常尴尬。有一天我去吃饭晚了一点儿，只见彼太太正数落彼先生，他的罪过是：他叉土豆，大大多于他叉的肉。彼太太见了我，平静了下来。彼先生则勇气倍增，加倍地往盘里扒土豆，报复老太太的责备。彼太太无可奈何，狠狠地盯着老头的脸。

这对老夫妻即便神思恍惚，也不按英国人的说话习惯彼此叫一声"亲爱的"，也不叫彼此的教名，而是叫"彼先生"，"彼太太"。老太太正兴致勃勃地和我聊天，老头子一来，她立刻闭口不语。老头儿也一样。有一天，彼太太正为我弹钢琴，彼先生进来催促："你什么时候去买东西？"彼太太故意说："我还以为你去买了哩。"琴声戛然而止。稍时，我请她继续弹琴，她丧气地说："等那个讨厌的人不在家的时候，我再弹。"当时我窘迫极了。老夫妻生活如此不和谐，家庭的车轮却照样转动。彼太太职司烹调、摆桌端饭和全部家务事，彼先生挣来日常开支所需要的钱。俩人之间从未发生货真价实的争吵,只是偶尔拌几句嘴,且声音微弱,传不到邻居的耳朵里。但我住了几天,感到太别扭,从他们家那种不融洽的气氛中走了出来,我如释重负。

卡先生一家人

我现在住在卡先生家里。卡先生,他的夫人,他们的四个女儿,两个儿子,三个佣人,我,以及名叫戴维的一只狗,组成一个特殊家庭。卡先生是医生,须发几乎全白了,但体格健壮,精神矍铄。他性格温善,和蔼可亲。卡太太把我当作亲人。天冷我不穿厚衣服,少不得受她的嗔怪。一日三餐,她觉得我吃少了,就非要我吃到她认为肚子已填满为止。英国人惧怕洗澡。哪天我偶尔咳嗽两声,她马上命令我停止洗澡,叮嘱我服十几种药。临睡前,吩咐佣人端来热水,看着我烫了脚才放心离去。

卡先生家里,卡大小姐起得最早。她下楼后第一件事是检查早餐是否准备就绪,往火炉里加添三四铲煤。餐厅不一会儿便温暖如春。少顷,楼梯上响起沉甸甸的脚步声,卡先生呲牙咧嘴地哈着气来到餐厅,烤烤手脚、前胸后背,拿着报纸坐在桌旁,照例先吻女儿,再和我互道早安,说几句笑话,拣重要的新闻念给我听。

留学英国时的泰戈尔

卡先生一杯咖啡下肚,另外两个女儿才一阵风似的下楼,亲吻父亲。父女之间有君子协定,哪天她俩比父亲起得早,哪天卡先生给她俩二十五先令作为奖励,反之,罚款五先令。奖金、罚款,微乎其微。但日久天长,她俩该得的奖金,已有两三英镑之多。每天早晨,"债权人"向"债务人"索债,债务人总是一笑了之。卡先生有时理直气壮地撒赖:"这太不公道!"我每每被推到仲裁人的位置上:"哎,泰戈尔先生,您说,赖账是文明行为吗?"由于拖欠太久,卡先生已是"债台高筑"。

  第五位进入餐厅的是卡太太。我们一般九点半前用完早餐。卡大公子第一个吃完,急匆匆地去上班。卡先生的小儿子、小女儿吃饭时间最长。唷,我忘了狗先生——戴维。它一直在炉边烤火。它体形小巧,蓬松的长毛遮住眼睛、脸盘。尽管年事已高,一只眼睛瞎了,却仍然得宠,习惯摆出一副王爷的架势。除了客厅,没有一间屋中它的意。平时它高踞于一张最华贵的椅子上,椅子被占领,它只得蹲在占领者的脚边,显出愤愤不平的神情。

  戴维早餐的份额是三块饼干。领到配额,它静静地等我和它玩耍:抢下它叼着的饼干,在地板上滚。早先我起晚了,它叼着饼干蹲在卧室门口汪汪叫。看到我被打搅有些气恼,现在再不叫了,轻轻地用爪子推门,默默地等待。我开门出来,它摇着尾巴又蹦又跳,喜悦之情溢于皮毛。接着瞧一眼饼干,瞧一眼我的脸。

  用完早餐,卡太太戴上手套,指挥女仆从四楼到一楼拾掇物品,打扫房间,擦拭门窗。她在厨房里一张一张看购买肉类、蔬菜和面包的票据,记账付款,审查买的肉肥瘦是否合适,是否缺斤少两。偶尔也和厨娘一起做菜。从早晨到中午一点多钟,一件事接着一件事,她忙得不亦乐乎。有关家庭要事,她上楼请示,由卡先生定夺。

  我和二位卡公子关系融洽。他们叫我"阿泰尔叔叔"。小女儿埃塞尔希望我是她一个人的阿泰尔叔叔。她哥哥汤姆提出当我侄儿的要求,她非常恼火。汤姆故意逗她生气,大叫一声"阿泰尔叔叔",她立刻紧紧地搂着我的脖子,撅着小嘴,呜呜哭泣。

  纯朴的汤姆一刻也闲不住。他长得胖乎乎的,头特别大,常常一本正经地提些古怪的问题。

  "喂,阿泰尔叔叔,耗子成天干什么?"有一天他问我。

叔叔回答："它们偷吃厨房的食物。"

他皱着眉头想了想："偷吃？嗯，为什么偷吃？"

"它们饿了。"

回答引起汤姆的反感。他受到的教育是，不问一声拿人家的东西，属于不道德的行为。

埃塞尔不顺心哭鼻子，汤姆总是好言劝慰："哦，可怜的埃塞尔，别哭了，可怜的埃塞尔！"埃塞尔觉得自己是贵妇人，有一回坐在椅子上板着脸，怒斥汤姆："别来打搅我！"汤姆不小心摔痛了直掉眼泪。我逗他："嘿，男子汉哭什么！"这时埃塞尔快步跑到我身边，神气活现地说："阿泰尔叔叔，我小时候在厨房里摔倒了，可我没哭。"我的天，她小时候！

卡大公子白天在办公室，傍晚才回家，难得见上他一面。他和伊小姐双双坠入爱河，两人情投意合，如胶似漆，星期日一起在教堂做两次礼拜。卡大公子平时下午一有空就去恋人家喝茶，星期五必定在她家用晚餐。两位情人在一起是何等快活，再也不愿和家人一道消闲。星期五傍晚哪怕天塌下来，卡大公子照样梳洗金发，脸上抹雪花膏，穿上刷净的外套，提着伞出门。有一天出奇的冷，卡大公子不住地咳嗽，我猜他将改变常规，岂料刚敲七点，他打扮整齐又赴宴去了。

不长的时间内，我与卡家结下了深厚友谊。卡二小姐实话相告：她们起初听说一位印度绅士要住在她们家，心里怕极了。她和小妹妹躲到亲戚家里，一个星期不敢回来。后来得到确切消息，这个印度人没有文身，两片嘴唇没有缝合挂上首饰，这才放心地回家。但头两天同我说话，仍不敢正面看我，大概是怕见到奇特的模具里浇铸成的面孔吧。后来见了，不知有何感想。

住在卡家，我真是"三生有幸"。每天晚上，唱歌，弹曲，读书，愉快地消度时光。现在，埃塞尔是一刻也离不开阿泰尔叔叔了。

英国女性

现在，我简单介绍一下这儿家境富裕的时髦女性的情况。如欲把她们管教得服服帖帖，得设法让她们在印度那些厉害的婆婆和守寡的小姑子身边待几天。她们是豪门富户的女儿或是显赫人物的妻室。她们有佣人，自己不动手干活儿；有管家统管所有的家务；有护士照看她们的孩子；有家庭女教师辅导她们的子女学习，料理其他琐事。此外，你猜猜看，她们还有何事可做呢？只剩下一件，那就是梳妆打扮。可梳妆也有侍女侍候，并非只是她们自己动手。从早到晚，她们手中捏着完整的白天。早晨躺在床上，紧闭门窗，不让阳光射入，她们硬是把白昼压短了。她们斜卧在床上用早餐，十一点之前离开卧室，就认为起得很早了。起床后的第一件事是梳妆。具体细节，未曾亲眼目睹，没法告诉你。

据说，最近沐浴是英国的一种时尚，不过流行的地区尚不广大。有夫之妇允许裸露的部位——面庞和颈项——一天之内，数次仔细地濯洗。身体的其他部位，她们看不到有那么细心擦洗的必要，因为，勾魂的主要毛孔在脸部，只要脸不生锈就可高枕无忧。身体的其他部位，一个月用海绵擦洗两次，她们认为就足够了。我住在一个英国人家里，他们听说我每天要洗澡，感到很为难。他们家里没有盆浴的设备，只得借来一只浅底圆浴盆。

有人来作客，与客人交谈是家庭主妇的职责。同时来许多客人的话，她的责任是把寒暄和笑颜平均地分配给众人，不能同某个人说很长的话，给某个人过多的关照。这是一项艰巨任务，恐怕要多次练习，方能应付自若。我发觉，她们通常对某一位来宾说完一句话，立即望着众人莞尔一笑；有时则看着一个人开始说话，一面说一面环视所有的客人；有时像发牌那样刷刷刷地把一句句话撒向一个个客人，说得如此之快，如此娴熟，让人感觉到她们手中捏着一大沓言词的纸牌。比如，她们对一个人说："早晨天气真好，对不对？"随即飞快地转身看着另一个人的脸说："昨天晚上，妮尔松太太在音乐厅唱的歌，太好听了！"所有入座的女宾，一个接一个为妮尔松太太唱的歌加添形容词，一个说："好听，非常优美。"另一个说："令人陶醉！"第三个说："无与伦比！"第四个作结论般地说："难道不是这样吗？"在我看来，这是每天上午，必须重炒的一碗"套话"的冷饭。

尽管如此，客人照样来来往往。女主人经常捐款给伦敦的缪蒂图书馆，从那儿经常借几本借期很短的小说，拿回来阅读、咀嚼。

此外，还有爱情的表演，媚笑和甜言蜜语的交换，矫揉造作的气恼。男宾冷不丁说句俏皮话，女宾便举起纤小的拳头，嗲声嗲气地训斥："啊——你这个坏东西，调皮鬼，烦人的家伙！"顿时，引起一阵哄堂大笑。如此这般，迎接客人，送别客人，阅读新出版的小说，创造和追求时髦，娇滴滴地调情，乃至谈情说爱，是她们的"例行公事"。

如同我们印度，从小为女孩准备嫁妆，不必让女孩念太多的书，因为女孩长大不去上班，这儿的女孩也只作适度包装，让女孩学到结婚所需要的文化知识，以便日后以出阁的价格出售。例如，学会唱歌，弹钢琴，熟练地跳交际舞，结结巴巴讲几句法语，织毛衣，做针线活儿，女孩就成为五彩玩具，可以陈列在婚姻商店的橱窗里了。在这方面，一位印度姑娘和英国姑娘的差别，相同于印度玩具和英国玩具的差别。我们的孟加拉姑娘不必学会弹钢琴和其他手艺。印度姑娘和英国姑娘都读几年书。两者都是为被送到婚姻商店出售作准备。在这儿，男人是主宰，女人对他们绝对忠顺。对妻子下命令，在妻子的心灵上套笼头，任意驱使，是上帝赋予丈夫的权力。

除了时髦女郎，英国还有各种各样的女人，否则，世界就原地不动了。中产阶层的妇女轻重活儿都得干，她们没有颐指气使的资本。早晨起来，首先巡视厨房，检查厨房是否干净，是否已购买适量物品，是否已放在固定的地方。接着，吩咐家里人去购买必要的食物、佐料，要动脑筋精打细算，尽量省钱。昨天剩下的肉骨头，今天凑合用它熬一碗汤。前天用餐完毕，剩下几块肉，今天把它变个花样，又送上餐桌，等等，等等。之后，要为孩子织袜子，做衣服，甚至缝制自己的大部分衣裙。她们命中注定享受不到阅读小说的福。我发现她们至多能看报纸，而且不是所有的人。许多人的文化知识仅达到读信、写信、看发票和记账的水平。她们说："政治和其他大事，让男人们去倒腾；我们只配做些其他小事。"软弱是这些女人的骄傲。她们中许多人不累就趴倒了。她们对待知识的态度，同样令人沮丧。她们理直气壮地说："先生，我们不懂那些高深的学问。"知识的贫乏和脑筋的迟钝，成了她们炫耀的本钱！

　　这儿中产阶层的女性不认真学习文化知识，她们的丈夫并不为此懊丧，她们的生活由琐事凝聚而成。傍晚，丈夫从工作单位回到家里，她们送上一个亲吻（不言而喻，不同的家庭，吻的热烈程度有所不同）。家里已为丈夫生了壁炉，菜饭准备就绪。晚上，妻子做针线活儿，丈夫绘声绘色地为她朗诵小说。壁炉里火很旺，屋里暖融融的。外面正下雨，门窗关闭着。妻子也可能一面弹钢琴，一面为丈夫唱歌。中产阶层的家庭妇女心地淳朴。虽然她们未能进入高等学府深造，但她们的知识面很广，思维敏锐。在英国，交谈是增长知识的手段。她们从不深居简出。她们与男女朋友聊天；亲朋聚会，议论复杂的社会问题，她们专心倾听，发表自己的观点。耳聪目明的人关注哪些事情，如何审视，她们心里一清二楚。因此，围绕一个话题，她们从不提出令人吃惊的幼稚的问题，从不目瞪口呆地坐着。她们非常自然地与亲朋好友谈天说地。应邀参加聚会，她们从不阴沉着脸，从不羞怯，她们在熟人身边不做过分亲热的动作，也不远离他们，保持着合乎社会礼仪的距离。她们在人前神情愉快，脸上总挂着亲切的笑容。尽管她们不太幽默，但从别人的笑话中得到充分地享受。她们由衷地赞扬她们喜爱的事物，听到有趣的事，禁不住开怀大笑。

我的父亲

我父亲常年在印度各地游览。小时候,他在我眼里可以说像个陌生人。他常常突然归来,带着外地的佣人。亲近那些佣人的强烈欲望,立即在我的心里萌生。有一次,他带回一个名叫"雷努"的旁遮普省的小佣人。他得到我们的关心,绝不少于罗纳吉特·辛格①。他既是外地人又是旁遮普人,因而占有了我们的心。就像人们敬仰史诗《摩诃婆罗多》中英雄人物阿周那和怖军那样,我们心中对旁遮普人是十分尊敬的。他们是战士,虽然在某些战役中失利,我们也把他们的失败当作敌方的罪行。在家里有出生于旁遮普的这位雷努作伴,我心里甭提多高兴了。

泰戈尔的父亲

我嫂子②房里有一只玻璃罩盖着的玩具船,鼓着腮帮吹气,花布波涛似地飘动,小船便和玩具风琴一起晃动。我好说歹说,跟嫂子借了这神奇的玩具,常常为雷努表演,使他惊叹不已。在家里我像一只笼中鸟,外面的一切,遥远的外地一切,都紧紧地吸引我的心。所以雷努的到来,使我忙碌多了。一位名叫迦波利亚的犹太小贩,身穿缀着小铃的犹太服装,

---

① 罗纳吉特·辛格(1780—1839)系旁遮普的藩王。
② 伽达摩波莉·黛维,乔迪宾德拉纳特的妻子。

到我家卖檀香油，同样激发了我的好奇心；穿着脏乎乎的肥大灯笼裤，身材高大的喀布尔小贩，在我眼里，也是令人畏惧的神秘人物。

然而，父亲回到家里，我们到不了他身边，只能在他远处的佣人中间转来悠去，满足难抑的好奇心理。

记得在我们童年时代的某一年，人们私下惊恐地议论，英国政府的天敌——妖魔般的俄国即将进攻印度。一位好心的女亲戚跑到母亲房里，绘声绘色、添油加醋地对母亲讲述了这场即将来临的革命。父亲那时在喜马拉雅山修行。俄国人说不定越过西藏，沿着喜马拉雅山的羊肠小道，像彗星似的突然出现在印度，所以母亲心里十分焦急。当然，家里没人支持她的忧虑。试图获得家中成人帮助的母亲最后失望了，只好依靠我这个毛孩子。她对我说："给你爸写封信，告诉他俄国人的意图。"我写给父亲的第一封信，充满母亲的忧愁。其实，怎样写信，怎样寄信，我一无所知，只得求助于账房里的穆哈南德·孟希。毫无疑问，按照传统格式，信很快写好了。但大地主家账房里的萨罗萨蒂文艺女神，前往山区，乘坐的是破纸的干裂的莲花座，它的气息弥漫于信里的语言之中。

不久，我收到父亲的回信。他在信中幽默地说，"没有必要害怕，他亲自上阵，把俄国人赶走"。可是我的感觉，父亲气壮山河的誓言，未能打消母亲对俄国人的恐惧。

在遥远的山区修行了很长一段时间，父亲回加尔各答住几天，他一走进家门，全家就有一种庄严气象。我看到，大人们全穿着白衬衫，干干净净，整整齐齐，嘴里有枸酱包的话，吐掉了才敢去见他。每个人规规矩矩，不苟言笑。

母亲亲自坐镇厨房，指挥厨娘烹调，生怕做的饭菜不合父亲的胃口。看门的老头儿基奴·哈尔柯拉，头上缠绕标志鲜明的头巾，穿着洁白的制服，精神抖擞地站在门口。父亲回来之前就已告诫过我们，不得在游廊里大声喧哗、奔跑，以免影响他休息。我们走路蹑手蹑脚，说话低声细气，不敢窥视他的卧室。

有一天，父亲走进我们的书房，吩咐我们三个孩子拜师学习梵典。他亲自诵念吠陀经文，主持了我们拜贝檀多·巴吉斯为师的仪式。在这以前的许多日子，贝加拉姆先生坐在游廊里，以纯正的发音，教我们一遍遍地背诵编入梵典的《奥义书》的经文。恪守古代的吠陀程式，我们的受戒仪式结束了。剃了光头，戴了耳环，我们三个小婆罗门，三天被关在三楼的一间房里。

我们觉得很有意思，拽拉彼此的耳环，摘下又戴上。屋角有一只长鼓。我们站在走廊里，看见下面仆人走过，就咚咚咚地敲起来。他们仰首看见我们，立即低下头，害怕做错事似的急忙跑开了。

我曾跟着父亲游历喜马拉雅山。

路途中发生的一件事，至今清楚地在我心幕上浮现。我们乘坐的火车停在一个大站上。检票员查了我的票，打量一下我的脸，他的眼神里闪烁着怀疑，可又不敢说出来。过了一会儿，又来了一位检票的，两人低声嘀咕了几句，走开了。不久，来了一位站长模样的人，他查了我的半票，问我父亲："这孩子的年纪没有超过十二岁？"

"没有！"父亲坦然地回答。

那年我十一岁，可是我的个子看上去大于实际年龄。

"他得买全票！"站长的口气不容申辩。

父亲两眼冒火，他从钱箱里取出现钞，给了站长。补了全票，站长把剩余的钱递给父亲，父亲愤怒地把钱朝车下扔去，硬币在月台的石板上咣啷咣啷滚动。站长异常尴尬地走了，"为我省钱，父亲说了谎话"，这种卑劣的怀疑，压低了他的头颅。

刚进入青春期，我心血来潮，打算乘坐牛车，沿着主干道前往印度西部的白沙瓦①。家中无人赞同我的计划，讲了许多反对的理由。但我去找父亲寻求他的支持时，他大加赞赏，说："这是个大胆的设想，乘火车旅行称得上是真正的旅行？"接着，他对我详细地讲述了他徒步和

---

① 今属巴基斯坦。

使用马车等交通工具旅行的经历。对于我可能遇到危险和路途的艰辛，他只字不提。

还有一件事值得一提。我当选为元始梵社的新秘书，前往公园路的住宅向父亲汇报："除了婆罗门，其他种姓的祭司不准登上元始梵社的祭坛，我认为这样做不妥。"

他颇有同感地说："是啊，你有本事，可以改一改嘛。"

得到他的赞许后，我发现，改变现状我无能为力。我能发现缺陷，却无力创造完美。哪儿去找脚踏实地的人？我哪有号召力，把志同道合者团结在自己的周围？破旧立新，可创新需要的材料哪儿去弄？

对于这件事，父亲的想法是：在涌现胸怀雄才大略的改革者之前，只好维持现有的章程。但他一刻也不曾列举困难，阻拦我采取新的举措。就像他让我一个人去爬山，在真实的道路上，他一向给我确定自己目标的自由。他不怕我犯错误，不为我吃苦受累而担忧。他在我面前高擎生活的理想，从未举起制约的权杖。

五哥的实业梦

五哥乔迪宾德拉纳特看了《交流报》上的一则广告，亲自前往拍卖会场，中午回来他告诉大家，他以七千卢比的价格，买了一条船的船体，只要装上柴油机，修建几个船舱，是挺好的一艘船。

五哥这样做，也许因为对国内某些专门摇唇鼓舌、舞文弄墨，对航行一窍不通的文人，窝了一肚子火的缘故。在这之前，他请人试制了几盒火柴，可划来划去一根也划不燃。他信心十足地与志同道合者造了一台土织布机，可这台织布机只织了够做一块披肩的布，便一声不响了。他忽然又买空船体，意欲发展民族航行事业。可空船体不单安装了柴油机，修建了船舱，也装满了债务和厄运。

前一为泰戈尔五哥乔迪宾德拉纳特

应该记住，是他一个人承担了摸索带来的损失，可发展民族工业的裨益，浓墨重彩地写在了国家的史册上。世界上这些不精于核算，不善于经营的志士仁人，一次次让艰苦探索的洪水，在国家的建设事业上漫过；那洪水倏地涌来，倏地退落，一层层留下的淤泥，把生气浸透祖国的大地。日后长出茁壮的作物，纵令无人记住他们，那些爱国志士也甘愿承受活着时和死后的一切经济损失。

一方是资本雄厚的英国公司，另一方是单枪匹马的五哥乔迪。双方在航道上的战斗一天天变得多么激烈，库尔那和巴里萨尔的老百姓至今记忆犹新。在竞争的逼迫下，五哥购买了一艘艘船，亏损越来越大，收入却日益减少。价票已是名存实亡，库尔那——巴里萨尔航线上，出现了真正的"共产主义"时代。旅客不啻乘船不买票，旅途中还能吃到免费供应的甜食。巴里萨尔的志愿者们，高唱爱国歌曲，到处招揽旅客。于是，船上是不缺少旅客了，可物资等方面的短缺有增无减。

盲目的爱国热情，是找不到通往成本核算的道路的。不管颂赞多么动听，不管激情如何高涨，账本始终忘不了小九九，结果，账目不是迈着方步，而是像蚱蜢那样在负债之路上向前窜蹦。

那些意气用事、不善经营的人的一大危险，是别人一眼就把他们看透，而他们不善于看清他人的面目。他们学会知人善任，往往付出巨大代价，花费很长时间。他们一生中往往来不及吸取教训，重振旗鼓。

旅客在五哥的船上不花钱吃到点心，五哥的雇员和水手中间也未出现像修道士那样忍饥挨饿的迹象。船上为旅客提供饮食，雇员和水手也未被剥夺享用的权力，最后，最神圣的收获——巨大的债务，属于五哥。

那些日子，我们每天听到库尔那—巴里萨尔水路上双方胜负的消息，无比激动地研究对策。有一天传来一则坏消息，五哥公司的《爱国者》号客轮与哈卜拉桥的桥墩相撞，沉入水底。五哥因此陷入困境，不得不关闭公司，没有给自己留下任何东西。

青春的梦幻

我青春的梦幻覆盖广袤的苍穹。
丽人的触摸如落在我身上的花瓣,
多少情女的娇喘储积我的心中,
激情啊你为何在那里刮起南风?
春天花林里玫瑰为何俯首垂眼?
我面前云集人间所有害羞的情人?
不堪的羞红化作玫瑰,瑟瑟抖颤!
每夜入睡总觉有人偎在身旁,
如奇妙的梦,一醒便羞怯地遁逝。
仿佛有人用罗裙盛来浴我的霞光,
万千足镯的叮咚回荡在花林里,
巴库尔花枝上盛开我芬芳的恋情。
谁使我如醉似痴仰望虚茫的天庭?
天国的仙娥优哩婆湿正对我俯视?

青年泰戈尔

二十七岁上人生走向大致定格

时间一天天地流逝，年纪一年年地增长。两年前我25岁，现在已经27岁了。年纪朝夕在我的脑海里萦绕，别的事情全视而不见。

然而，人到了27岁，这难道是微不足道的小事吗？人跨过20岁的门槛，迅速朝30岁迈进。30岁是成熟的年龄。换句话说，人在30岁上对作物果实的期望甚于浆汁。但是，哪儿有收获作物的希望呢？此刻摇摇我的脑袋，里面的浆汁咕噜咕噜地响，哪有什么成熟的哲理！

有些人常责问我：我们期待你写的佳作在哪儿呢？以前我们对你充满信心，所以看见那幼苗的嫩绿心里也非常满意，但这并不意味着允许它永远是幼苗。现在我们需要知道，究竟能从你那儿得到什么，应该估算一下，用黑布蒙着眼睛、公正的批评家转动榨油机，能从你身上榨出几斤油来。

看来继续哄瞒这些人是不行了。以前年纪小，人们对我这个少年的未来寄予希望，预付了几份荣誉。如今我正朝30岁挺进，再让他们伸长脖子坐冷板凳恐怕行不通了。可是我实在拿不出像样的作品啊。我制造不出广大民众喜爱的一件精品。除了几首歌、高谈阔论、玩笑和戏谑，再没有别的东西了。对我寄予厚望的人，动辄对我发火。可是，谁叫他们对我盲目地寄予那么大希望的呢？

维沙克月一天早晨，我在新年的新叶、繁花、阳光和暖风中突然苏醒，听说我已经27岁了，不禁心潮澎湃，思绪万千。坦率地说，只要你看不透一个人或一件事，你的想象和好奇就会凝成对他的一种特殊关爱。一直到25岁，一个人仍不易被别人完全了解。他有什么作为，能成为怎样的人，无法预测，他未来的成就比已有的业绩肯定大得多。但是，人到了27岁，他的天赋基本上可以看清楚了，他有多大作为，已显露端倪，八九不离十，他的人生走向大致定格了，一生中不大可能骤然出现奇迹。这时节，他四周有些人纷纷离去，有些人留了下来。留下来的，常年与他相伴。但此时既没有希望赢得新的爱情，也不用担忧新的离别。所以这不是件坏事，人生中有了令人宽慰的稳定性。对自己和他人都有所了解，忧愁不复存在。

孟加拉新婚夫妻的对话

洞房花榻上

新郎：世上无一物堪与
　　　两性初合的快乐颉颃。
爱妻，忘怀一切，抬起眼，
　　　你与我深情地对望。
慢慢地合为一体吧，
　　　两个含羞、慌乱的心房！
像蜜蜂啜饮一朵花的花蜜，
　　　沉入同样瑰丽的遐想！
我的心已被欲火
　　　烧成灰烬，纷纷扬扬，
要与你无涯的爱海
　　　融和成一片汪洋。
对我说："我永远属于你，
　　　除了你，我不见他人的脸庞。"
哎，你为何站起？
　　　你欲往何方？

啜泣

新娘：我要跟阿姨①睡一张床。

两天以后

新郎：爱妻，你为何坐在墙角
　　　低声哭泣？
　　　朝霞失落了启明星，露珠难道
　　　簌簌垂地？
　　　春天归去，森林女神难道
　　　号啕大哭？
　　　坐在希望的坟上悲切的回忆难道
　　　双泪横流？
　　　流星落地，难道眷念苍穹，
　　　终日愁苦？
　　　你悲啼究竟是何原因？
新娘：我养的小猫还关在小屋。

内宅庭院

新郎：坐在光影嬉戏的树下的草坪上
　　　你在干什么？
　　　你柔滑的额上乱发诡秘地
　　　旋飘旋落。

---

① 指保姆。

不远处哗哗流动的河水
　　似在呜咽。
你泪水涟涟想必是因为一天听了
　　河之悲歌。
你为何猛地撒掉衣兜里的鲜花，
　　脸显羞红？
你忘记编花环，莫非想起了
　　谁的面容？
莫非风儿俯耳传递谁的消息，使你
　　心神不定？
莫非沟渠里流水涓涓地通报着
　　谁的姓名？
幽静的所在，美好的回忆使你
　　眼露微笑？——
你坐在那儿做什么事情？

新娘：吃一把酸枣。

新郎：循踪而来，为的是将衷肠
　　对你倾吐，
我这颗郁闷的心已无力
　　承载重负。
今日我蓦地真切地感到春天正
　　流蜜溢香，
心里听见春风催促着含苞的茉莉
　　立即开放。
仿佛一双秀目望着我说着信赖的
　　美妙情语，
冲出心闸的爱情带着一半羞赧
　　一半疑虑。

泰戈尔和新婚妻子

　　　　我的心为你而苏醒，为你

　　　　　　焦急不宁，

　　　　由衷地希望献出我的一切，

　　　　　　让你高兴，

　　　　我可以为你上天入地，把青春、生命

　　　　　　全部消耗。

　　　　爱妻，快说要我做什么！

新娘：给我打几颗酸枣。

新郎：爱妻，我带着空虚、无乐的生活

　　　　　　怅然远去，

　　　　四海飘零，你可会洒下伤心的

　　　　　　眼泪一滴？

　　　　春风沉重的叹息可会燃起

　　　　　　你的离情？

　　　　你至今昏睡的春情可会

　　　　　　幡然苏醒？

　　　　孤寂的姑娘啊，萧索的花园里

　　　　　　你做何事？

　　　　如何打发形影相吊的岁月？

新娘：做木偶成亲的游戏。

泰戈尔笔下的人生

站在泪海的欢乐莲花上的新娘

笛音是永恒的音乐。它像湿婆蓬松乱发中飞落的恒河,在大地广袤的胸脯上奔腾不息;又如神王宫阙的仙童临世,用人世的尘粒做天国的游戏。

伫立路边聆听笛音,我竟不理解自己的心绪。我试图把我的迷茫与平素熟稔的苦乐加以糅合,但糅合不到一起。我发觉,它比常见的笑容明亮得多,比看惯的泪痕沉郁得多。

由此我推断,"已知"是不真切的,真切的是"未知"。我心里何以产生这种古怪念头,书籍里没有答案。

今天早晨,我忽然听见从迎亲人家传来的笛声。

结亲的喜乐与普通乐曲有什么相同之处?隐秘的不满,深深的失望,遭受欺压的愤恨,渺小欲望包藏的自私,龌龊乏味的唇枪舌剑,不容宽恕的狭隘的纷争,生活里习以为常的尘封的贫困——这一切的形迹,神奇的笛音中可以发现么?

鼓乐,撕破世俗生活上盖着的全部常用语汇的重幕。永

站在泪海的欢乐莲花上的新娘

世年少的一对新人那纯洁的目光交融，躲在绛红含羞的面纱之下，在乐音中才显露出来。那里笛音袅袅交换花环时，我看见此地的新娘——戴着金项链，戴着金脚镯，站在泪海的一朵欢乐莲花上。

乐曲声中，绝对看不出她是寻常女性。这位面熟的黄花少女，以陌生人家的媳妇身份出现了。

竹笛说，这就是真实。

省　亲

我们的码头上系着一条船,码头前站着一群当地的村妇。好像有一个人即将踏上旅途,其他人是来送行的。许多幼小的孩子,许多面纱,许多银发皓首,混杂在一起。他们中间的一个女孩,最为引人注目。她十二三岁,由于长得比较丰盈,看上去有十四五岁了。她脸色黝黑,但很俊俏,假小子似地的剪了短发,把她的脸衬托得更加俏丽,表情里透出聪慧、机智和纯朴。她怀里抱着婴儿,毫不羞赧地好奇地注视着我。在她脸上看不到一丝木讷、狡黠和不完美。她那掺杂少年气质的少女的神态,吸引住了我的目光。男性的那种对自身的冷漠和女性的柔媚相交融,塑造了这位新型女子。我以前从不企望在孟加拉能见到她这样身材娉婷的村妇。

印度新型女子

启程的吉时到了。我看见岸上的人依依不舍地把那脸色红润、戴着手镯、容光焕发的朴实姑娘送上了船,我猜想她大概是看望了娘家的亲人要回她的婆家去。

帆船徐徐离开码头。送行的女人们站在岸上,目送帆船远去。一两个女子撩起纱丽下摆,慢慢地擦着眼睛、鼻子。梳着马尾辫的一个小女孩,扑到一个老太婆怀里,搂着她的脖子,头靠着她的肩膀无声地啜泣。乘船离去的姑娘,也许是她亲爱的姐姐,过去和她一起玩过泥娃娃，也许她淘气时给过她一个耳刮子。

上午阳光照耀的河岸，充溢深沉的悲愁。整个上午好像回荡着一支忧伤的乐曲。然而，我似乎大致熟悉了那个不知名的姑娘的身世。

辞别亲人，姑娘登船远航，四周的气氛悲凉，甚至有一种生离死别的感觉。帆船漂浮着远去，伫立送别的人，擦着泪眼，转身回家。乘船远去的姑娘消失了。我知道，这深沉的悲伤，离去的和留下的人，都将忘却。也许，这会儿已忘了不少。痛苦是暂时的，可忘却是永恒的。不过，仔细想想，痛苦是真实的，而忘却是不真实的。在一次次离别和诀别之际，人蓦然省悟，这痛苦是刻骨铭心的真实，并认识到，只有在幻觉中才能无忧无虑。世界上没有一个人能永生——想到这一点，人益发焦躁不宁。我们不仅不可能长生不老，而且不会留在任何人的记忆之中！说真的，除了孟加拉流行的悲凉的民间曲调，没有一首歌会伴随所有的人，伴随世世代代的人。

爱的含义

爱的含义不是奉献自我，而是献出自己的珍品；不是在心里，而是在心中的圣地，在心中的殿堂里，树立偶像。

不是蒺藜，而是把鲜花，献给你所爱的人；不是泥淖，而是把你心湖里开的莲花，献给你所爱的人。把微笑的钻石，把眼泪的明珠，献给你所爱的人；不要向他投去冷笑的闪电和泪水的暴雨。

不要把你心中的一切对你所爱的人展示。不要把你所爱的人带到心中有阴沟、垃圾和废弃物的地方。接受这条忠告，你的爱情会怎样呢？你让情人成为你心中的地方法官，在他的职权范围内没有疟疾、霍乱和天花。你送给他的住所，窗户朝南，空气流通。房间宽敞，阳光射到里面。这样做，才体现真正的爱情。

恐怕没有这种自私的情人——他认为，不带他的情人在心田的竹林树丛中兜圈子，不让他在发臭的池塘里洗澡，就不足以表现真正的爱情。

但确有不少人持这种观点，不过由于胆怯，不敢付诸行动。

这正可谓空前的奇谈怪论！

许多人提出异议："这算什么真知灼见！你极爱的人，你心中最亲的人，难道应对他隐瞒你的心迹？"

难道不应该吗？

人对最亲的自己，生来就隐瞒许多事情。不这样做不行，不这样做不吉利。

上天若不给某些人眼皮，他们该闭眼时闭不上眼，不管什么情形下，别人想起什么，全落进他们鳄鱼般的眼里，他们还不累死！

人的许多情绪，我们不去专注地凝视，而是闭上眼睛。这样做，被冷淡的被忽视的情绪，渐渐衰微。

人的情绪和欲望如果不被掩盖——彼此现露；把它们召至客厅里的交谈之中——与它们十分熟悉——强忍着瞧它们丑陋的模样，久而久之，不再厌恶——难道是好事？这不是对它们的恣恿？

痴男情女总想把奇珍异宝送给恋人，送废品，只会大大提高废品的价格。此外，送毒药，送疾病，送鞭笞，也能算赠送？

人世间真正的楷模寥若晨星。爱情的一大特长，是把每个人变成另一个人的楷模。于是，人世间不断培养可奉为楷模的真情。

为了爱情，情人的心田栽种花树，维持心灵的健康，这也特别有利于在他心田徜徉的恋人的健康。除了爱，谁能把最幽美的心田送给他人？

所以我说，爱的含义不是奉献自我，而是给他人最好的寓所，让他人在最幽美的心田居住。

有些饱学的老朽的心田贫瘠了，心林的花儿枯萎了，花树枯死了，四周蔓生荆棘，便忍不住谴责爱情。

理想的爱情

世上各种职业中产生的爱情，接受神咒保护的爱情，万千家庭中的爱情，千姿百态，五彩缤纷，而我要阐述的，是名副其实的理想的爱情。

构思写作的泰戈尔

一个人与另一个人耳鬓厮磨；一个人若像人体的赘疣，如像多生的第六个手指，紧挨着正常的五个手指，都不能称作爱情。

两样东西抹些胶水，粘在一起，那种粘连，不能叫爱情。

我们许多时候称痴迷为爱情。

罗摩①和黑天②，也许都把对方视为楷模，接受了对方的习惯。没有罗摩，或者没有黑天，任何一方的习惯受到侵扰，浑身就感到不舒服。可这也不叫爱情。

情人不管多么低下，多么冷酷，品行多坏，死死地抱住他，这被不少人称之为热恋的极致。

但是，应该看到，若非极为无能、性格懦弱，谁也不会甘愿跟随下贱的人，自己也变得下贱。

---

① 印度史诗《罗摩衍那》的主人公。
② 印度神话中大神毗湿奴的化身之一。他又是牧牛女罗陀的情人。

听说许多家奴盲目地忠于残忍、卑鄙的主子，豢养的猎狗也像他们。

像家奴那样，像猎狗那样，称他们的爱也是一种爱，对此，我心里实在无法苟同。

真正的爱不是奴隶，是虔诚者；不是乞丐，是竞购者。

堪称楷模的情人，热爱真正的美，热爱圣洁；热爱他心中产生的崇高情趣的形象。他不会不管对方是怎样的人，盲目地拜倒在对方脚下。若那样做不能叫作爱情，只能称为肮脏的行径。

污秽一旦沾上脚，就不肯离去，不管是谁的脚，天神的脚，或罪人的脚！

真正的爱情看到合适的对象，甚至愿意当他足上的尘土。

于是，许多人错误地把情人的尘土叫作爱情。他们不懂得，奴隶和虔诚者外在的行为虽有许多相似之处，但最大的区别在于，虔诚者的归顺中有自由，他是自由地归顺。

同样，真正的情爱，是自由的情爱。它归顺，因为它懂得特殊归顺的神圣。在归顺后感到光荣的地方，它是忠仆；可在承认低劣方有地位的地方，它也是低下的。

爱情，不是为爱而爱，而是要爱高洁。

若不是这样，如果爱情教人在低贱者那儿变得低贱，如果将情趣禁锢于丑恶之中，那么这种爱情趁早死灭吧。

爱情吟

一

我的深爱
是阳光普照，
以灿烂的自由
将你拥抱。

诗人和妻子、儿子

二

你的完美
是一笔债，
我终生偿还，
以专一的爱。

三

生命因付出爱情而更富有。

四

当爱情把痛楚当作明珠，
痛楚便是幸福。

五

啊，爱情！当你手擎点燃的痛苦之灯走来，我看清你的脸，把你当作至上福祉。

六

爱情的痛苦，像波涛汹涌的大海，在我生命的周遭吟唱。爱情的欢乐，则像鸟儿在花林里歌鸣。

创造中最神奇的是"美"

创造中最神奇的是"美"。因为,在维护世界方面,看不到"美"的必要性。

"美"不是食物,不是衣服,对每个人来说,"美"不是不可缺少的。

"美"是需求之外的赠物,是天帝之爱。

凡是必需品,凡是缺了日子过不下去的东西,我们当然是要的。它们让我们想起自己的贫穷,可我们又常常故意对它们表示貌视,以便显示自己的身份。实际生活中,我们不能轻视吃饱肚子这件事,但嘴上却说对它不屑一顾。我们赋予脑力劳动的快乐以极高的地位。其原因是,比肠胃的劳作相比,脑力劳动更多地依赖我们自由的意志。不学习知识,你将是个笨人,但不会丧命。

创造中最神奇是的"美"

世界上如果只有枯燥的需求,我们就只能当乞丐,守在造物主的门口。那样的话,我们就只得成天为衣食奔波了。

有了爱,就不用再乞讨了,就像在母亲身边,没有的都可以获得。

"美"是爱的标志,是对我们心灵的诱惑。假如做事是生存目的,感动我们的心,就是多此一举；借助世界上庞大魔鬼的力量，一把揪住小生灵的耳朵，逼它做各种事就行了。但"美"怎么会一边说宝贝啊一边抚摸我们的身子呢？

然而，就在那儿，机器的规则上出现了爱的规则。食物与趣味，声音与歌曲，景观与姿态、色彩同时呈现，"美"的纤手历历在目。

我们一天天过日子，这足以延续我们的天性。但我们要过得快乐，就得有高层次的要求，而且平时的需求还不能减少！日月星辰照样运行，树木吃着无味的食物，像瞎子聋子似的照样繁衍。但在萌生情思的地方，不光感觉到力量，还能感觉到爱，看到美化力量的种种努力。

力量之中显现因果关系，为此，应掌握一部分科学知识。但在"美"中显现的是意愿，因此，科学在那儿受阻。所以，"美"是非常神奇的。

"美"虽不是必需品，却能震撼我们的灵魂。我们仿佛从中感觉到我们与"无限"的血脉关系。

在创造中，"美"最细小，最脆弱，也最轻柔。但它被放置在力量的上面。坚硬的花岗岩上面，有大地绿色的温柔。坚挺的树干和枝条上面，是纤丽的花叶。在坚实的骨头和肌肉上面，生长着躯体之美。在男人的强悍上面，柔弱的女性之花一样绽放。

"自由"是"创造"最小的孩子。人在心里感觉到自由。在自由的灵魂面前，软弱的"美"拥有最大的力量。我们在缺少力量的地方使用力量。我们把自己献给"美"。"美"不干预我们的自由。我们把自由送到"美"的手中，便大获成功。

"美"耐心地等待。鲜花在一个春天受到冷落，不急不躁，等到第二个春天再绽放。在外部世界，花朵纷纷凋谢，只有一朵花结果。花朵也在我们的内心世界结果，也是经历许多失败的幸存的孩子。

然而，造物主的力量，不等待造物主的风暴。它的力量延展开来时，森林群山瑟瑟颤抖。树木藤蔓倒地，地上处处是新鲜的果实。

那默默无言、渐渐软化我们铁石般的心、让我们为凶残的暴力感到愧疚的是谁呢？是有无限耐心的"美"。

女人是河水

上午,和风轻轻吹拂,我不想做任何事情。不经意中十一点、十二点钟敲过了。我没有看一页书,没有着手做一件事,一上午一动不动地坐在一张椅子上。脑子里掠过一些凌乱的思绪,闪现一些不完整的想法,可我感到无力将它们归纳整理表达出来。一句歌词在脑海里萦回:足镯叮叮当当。上午气候宜人,暖风习习的河中央,足镯声仿佛时左时右时在后面回响着,只是不显露,也无人将它展示,所以我久久地静坐着。

水位下降了许多,没有一处的水深过腰部,所以船泊在河中央毫不困难。我右侧的沙洲上农民在耕地,不时把黄牛牵到河边饮水。我的左侧是希拉伊达哈的椰子树和芒果园。女人们在码头上洗衣服,沐浴,汲水,用方言大声说笑。

年轻的姑娘们无休止地戏水,洗净了身子,又"扑通"一声跳进河里。她们无忧无虑的大笑声是那么悦耳。男人们神色庄重地下河,履行公事般地全身浸泡几次,擦几下上岸走了。而女人们似与河水结下了不解之缘。两者有许多共同点,友情深厚。

河水和女性同样以甜美的嗓音喁喁低语,同样光彩照人——看看那富于清丽的姿态、轻盈的步履和天然神韵的水浪吧,她在烈日下被晒得略显憔悴,但任何力量不能把生命般的她劈为两截,使之分崩离析。她伸出双臂拥抱严酷的大地,大地看不透她内心深处的奥秘。她不生产作物,但她不渗入大地深处,大地就长不出一棵草。

泰戈尔笔下的人生

田尼生[①]把女人与男人作了比较,说女人是水,男人是烈酒。今天我却认为,女人是河水,男人是陆地。女人与河水朝夕相处,女人爱河

女人是河水

水,有着河水的秉性,有着河水那种不停的动态和甜美的声音。女人头顶着其他重物是不雅观的。但从清泉、水井、码头汲水,任何时候都不能认为那是不高雅的。沐浴,擦洗肢体,走下池塘的石阶,坐在齐腰深的水里闲聊,女人们组成一幅美丽的画面。

---

① 田尼生(1809—1892)系英国诗人。

女人和男人

经过一段时间的思考、比较,我发现男人是粗坯,女人才是精美的成品。

女人们的言谈、服饰、举止、待人接物和对生活的责任中有一种完整的和谐。之所以如此,其主要原因,是世世代代造化亲自规定了她们的职责,一开始就以那样的主旨塑造了她们。迄今为止,任何沧桑变化、任何社会变革、任何文明的大起大落,都未使她们偏离那种恒定。她们一辈子服侍人、爱人、宠爱子女,此外不做别的事。她们娴熟地做家务表现出的美,仿佛融合在她们的肢体、话语和动作之中;她们的本性和所做的事情,仿佛是鲜花和芳菲,密不可分。所以,在她们身上,没有矛盾和踌躇。

男子的性格中包含人生旅途中的颠簸和坎坷;他们仿佛是在各种职业、各种力量和各种变动之中塑造而成的,这些在他们躯体和性格上留下了痕迹。他们中有人的额头也许是高隆的,中间的鼻子也许翘上来,无人能将它摁下去,两颊也许不接受保持脸部协调的创造的规则。

男子假如也世代以单一的方式行动,只受一种职业的培训,他们的脸上和性格中也会有一种和谐,早已用一种模子浇铸而成;他们就不用冥思苦想,不用显示超常的能力,不用做艰难的工作;不费吹灰之力,每一件事均能完美地做成。这样,他们也奉行一条简单的生存原则,换句话说,他们的心灵向世世代代一直做的事情表示臣服,他们细微的力量,不会脱离历代已习惯从事的职业。

造化使女人变成母亲,以一种模子塑造她们。男人没有女人那种天然而原始的樊笼,所以男人不是在一个永恒中心的居室里精细地创造出来的，他颠沛着从往昔走到今时，他奔向四面八方的恣肆妄为的天性，不允许以一个美好的完整将他塑造。

我记得，那一天的信中我曾详细论述，我称束缚是美的根由；女人们在那种天然的韵律的束缚中塑造得非常完美，而男人们像散文，无拘无束，也无美可言。他们从头到脚，没有固定的形体。一向以乐曲、诗歌、柔藤、鲜花、河流比喻女人的人，心里从来不会产生以这些东西比喻男人的念头，原因也在于此。

造化所有的美的景物，是完整的，克制的，稳固的，协调的，女人也是这样，她们中间没有彷徨，没有忧思，任何心灵不会走过去破坏她们的韵律，任何争论也不会拆散她们的谐韵。

男人和女人的不同秉性[①]

我非常喜欢看你的来信。从你的信中，我清晰地感觉到了你那颗女人的心中最深挚的情愫。我已领悟，对你们来说，获得一个珍藏仁慈、爱情和真诚的地方，是何等急迫！在那儿，你们心灵的祭品，可以充分而纯粹地发挥作用；你们奉献的力量，像浪涛汹涌的大河，突破一切障碍，流向你们最恰当的奋斗之路。女性那种自我奉献的急切心情，在你信中袒露的感情中，已充分呈现。从信中得知，如同毗湿奴教派对你具有吸引力，你对它也具有吸引力——这和"不管地球多么小，也吸引着太阳"的道理是一样的。你无端猜疑，觉得我也许不能正确理解你的心情。请你记住一句话：我们全是拥有女人秉性的天神。有的人中间，交融的男女禀性，各占一半，而有些人中间，比例有多寡之分。

我们是拥有女人秉性的天神

人世间，假如只有纯粹的女人和纯粹的男人，他们就不能交融了。其实，男女彼此理解，是没有障碍的。不过，在各自的权限之内，保持自己的特性，是可能的。换句话说，男人秉性中，男人

---

① 本篇系泰戈尔写给赫蒙达芭拉的信。

是主要的，女人是次要的。而女人的性格中，恰恰相反。通常就是这样。否则，人世的天平就不能平衡。女人们要用无尽的仁善、情爱和真情充实自己和自己的世界。这是她们温柔的一面。同时，她们还有刚强的一面。在这方面，她们有忠诚、忍耐和坚定的自我牺牲精神。她们以自己的力量，保护自己的庇护者，照顾他的生活，使之有所建树；他的所作所为出现偏差，及时加以纠正，并治愈他的伤痛。也就是说，不让他因有内助而变得懦弱，而能振作起来，去实现人生目标。但是，男人如沉湎于那种特殊柔情，就会把女人情感加到自己身上。然而，那是违悖他的天性的。男人只有强化自己的性格，才能功成名遂。反之，就会变得软弱，断送人生理想。真正的男人凭借智慧、学识和勇气，坚忍不拔，克服一切艰难险阻，不承认困境是命运的法则，把我们的创造推向成功的顶峰。依靠这种男人，才能维护凡世的健康社会、安宁、财富和自尊。女人才有安全、依傍和光荣。否则，男人就会把在柔情之波中沉浮当作人生最高目标。那种丧失男性英雄气概的国家，在各个领域将沉入屈辱的洪水。所以，在你的信中，不管我对你心中的温情感到多么满意，从我的角度而言，为了男人的胜利，不能不公开说：男人应有豪迈的快乐、自由的理想、卓绝的奋斗，以及舍命抵御各种灾祸和从事艰苦事业的自我牺牲精神。长期以来，在孟加拉地区，有些男人也奉行女人的行为标准。于是，男人的创造力大打折扣。他们总夸大别人的丑陋，嫉妒别人的美貌，试图让对方受挫。他们不能在坚固基础上建造事业的大厦。于是，他们阻碍别人奋斗，否认精英，聚在一起便大发牢骚，寻找拙劣的借口，说谎骗人，夸夸其谈葬送大好局面；用难听的语言大吵大闹，从中获得非同寻常的快乐。由于品德的基础薄弱，下面的泥土里水分太多，选用的石材不够结实，我们的聚会没有凝聚力，举行的活动缺乏持久性。只有面红耳赤的争论，只有派别的勾心斗角，往往把芝麻说成西瓜，把西瓜说成芝麻。

女人一半是梦幻

啊,女人,你不单是神的,也是男人的杰作;从古到今,男人在心里把"美"献给你。

诗人用比喻的金钱为你织网,画家给你的姿态以常新的不朽。

大海敬献珍珠,矿山敬献黄金,夏天的花园敬献鲜花,来装扮你,包装你,使你益发楚楚动人。

男人心中的梦想,把它的光荣装点你的青春。

你一半是女人,一半是梦幻。

女人一半是梦幻

少　女

一

如同云雾化作雨滴垂落下来,听凭泥土拘禁,女性不知从何处来到人世,甘愿接受束缚。

印度少女

等待她们的,是人迹稀少的狭小天地,她们要把自己的言语、哀怨、忧愁,一切的一切,储存在这狭小的天地里,因而她们蒙着面纱,戴着手镯,她们的庭院四周是推不倒的高墙。

女性是樊篱的天国里的萨茜①。

然而,那少女像无名的神祇戏谑的一笑,带着无量的活泼,降生在我们这条街上。她母亲斥骂她是"女强盗",她父亲乐呵呵地说她是"疯丫头"。

她好像远遁的清泉,越过崇山峻岭。她的思绪犹如一丛翠竹顶梢的嫩叶,摇曳不定。

二

今天我望见这位桀骜不驯的姑娘靠着游廊栏杆,默然伫立,仿佛雨后的一架彩虹。但两只乌黑的大眼呆滞无神,像山竹果树上翅膀淋湿的

---

① 雷神之妻。

栖鸟那样。

我从未见她如此郁闷,那模样令人联想到淙淙奔流的涧水突然受阻,汪成死寂的幽潭。

三

这几天烈日对大地的统治格外酷虐。地平线脸色苍白,树叶焦枯,憔悴中显出绝望。

此刻,疯狂的乌云披头散发,在天上安营扎寨,冲出重围的一抹殷红的夕晖,像拔出剑鞘的利剑。

半夜醒来,只见房门嘎吱嘎吱地战栗,罡风揪着全城的昏睡的发髻,狠命地摇晃。

起床望去,街巷的灯光,在滞重的雨幕中,宛若地狱的浑浊的眼珠。裹着雨声的大氅,教堂里的钟声袅袅而来。

早晨,雨丝越发浓密,太阳没有露面。

四

我们邻里的姑娘于扶着游廊栏杆,茫然地望着灰蒙蒙的天空。

她的妹妹走过去对她说:"妈叫你。"她坚决地摇摇头,两条辫子左右摆动。她弟弟拿着纸船拉她的手。她把手抽回。弟弟缠着她要她跟他玩。她火了,给他一巴掌。

五

雨水调稠了暮色,姑娘呆立不动。

元古时代,创造之口,用水的语言,风的声调,说出第一句话。那悠远的话语,超越忘却和记忆,飘过亿万年,今日化作雨声召唤着少女。于是,她在一切羁绊之外消失了。

时光何其绵长,宇宙何其广袤,一代又一代的人生游戏何其繁复!那邈远,那宏阔,在云影雨声中伫望着倔强的少女的面孔。

她睁着乌黑的大眼,静立着,宛如悠悠岁月的塑像。

一个人是一个谜

一个人是一个谜,人是不可知的。

人独自在自己的奥秘中流连,没有旅伴。

在烙上家庭印记的框架内,我划定人的界限,定义的围墙内的寓所里,他做着工资固定的工作,额上写着"平凡"。

不知从哪儿吹来爱的春风,界限的篱栅飘逝,"永久的不可知"走了出来。我发现它特殊,神奇,不凡,无与伦比,与它亲近,需架设歌的桥梁,用花的语言致欢迎词。

眼睛说:"你超越我看见的东西。"

心儿说:"视觉、听觉的彼岸布满奥秘——你是来自彼岸的使者,好像夜阑来临,地球的面前显露的星斗。"

于是我蓦然看清我中间的"不可知",我未找到的感觉时时在更新。

每一天是一笔财富

昨天是阿沙拉月①初一,雨季隆重地举行了新的登基大典。这一天很热,下午,天上覆盖了浓重的乌云。

昨天我暗自思忖,雨季的第一天,我不能在枯井般的船舱里消磨时光,站在外面让大雨淋得浑身湿透,那样更好。印历1299②年,不会第二次进入我的人生。仔细想想,阿沙拉月初一还有几次光临我的今生哩,全加在一起,有三十天,就算是长寿了。迦梨陀娑写了千古绝唱《云使》之后,至少对我来说,阿沙拉月初一是一个具有特殊意义的日子。

我常常想,一天天的日子进入我的生活,有的日子被朝阳和夕阳染红,有的日子因浓云而变得凉爽,有的日子在满月下像洁白的花儿一样绽放,它们的价值难道还低吗?我难道还不够幸运吗?

一千年之前,迦梨陀娑热情欢迎的阿沙拉月初一,携带它满天的财富,每年出现在我的生活之中——那是古城优禅尼的不朽诗人的日子,也是世世代代有着说不完的悲欢离合的千千万万男女

印度古代诗人迦梨陀娑

---

① 印历3月,公历6月至7月。
② 印历1299年相当于公历1892年。

的日子。

  那极其古朴的阿沙拉月初一，每年在我的生活中减少一个——最后，这迦梨陀娑赞美的日子，这《云使》生动描绘的日子，这印度的雨季恒久的第一天，在我的人生中消失殆尽。每每深刻认识到这一点，我就想再次满怀深情地注望这个世界，更自觉地迎接一生中每一天的日出，像送别挚友一样送别每一天的日落。

  我如果是修道士一类的人，也许我会觉得，人生短暂，不能虚度每一天，应该诵念毗湿努的圣名，多多行善。但我不是那种人，所以，我常常慨叹，如此美好的日子，竟从我的生活一天一天减少，我无力把它们全部留住！为这富丽的华彩，为这明媚的阳光，为这清秀的绿荫，为这满天无声的辉煌，为这充斥天国与凡世之间一切空虚的宁静和旖旎，所作的努力还少吗？这是庆祝多么盛大节日的场面！然而我们中间却没有对此作出应有的反应！我们竟在远离自然的地方居住！一颗星的光芒越过亿万公里，穿过几十万年，在无尽的黑暗的路上飞驰，抵达我们的地球，但不能进入我们的心田，离开我们的心田似乎还有亿万公里！绚烂的黎明和黄昏，像方向女神扯断的项链的一颗颗宝石，坠落大海，但一颗也没有落入我们的心中。

  乘海轮前往英国的途中，我看见的红海平静的水面上冉冉下垂的灿烂的夕阳，如今在哪儿？那一天我见到了我的鸿运，那个黄昏未遭到冷落而失去意义，则是我一生的幸运。昼夜无穷无尽，除了我，世界上没有第二个诗人见到那令人叹为观止的夕阳。它的色彩染红了我一生的年华。

  这样的一天天，是一笔笔财富！我在贝纳迪花园别墅里居住的几天，在三楼顶上度过的几夜，在西屋和南屋的走廊里目睹的几场暴雨，在恒河畔昌德纳格尔别墅里欣赏的几个黄昏，在大吉岭的兴贾尔山顶上遥望夕阳下坠和明月升起……这些美好而辉煌的时刻，都珍藏在我的私人档案里了。小时候，在春天的月夜，我躺在楼顶上，美酒的白沫般的月光洒落下来，使我陶醉，我仿佛掉进了瑶池。

我来到了这个世界，这儿的人全是古怪的生灵，他们日夜制定法规，建造壁垒；他们小心翼翼地拉上帘布，好像怕两眼看见什么东西似的。世界上这些生灵实在太怪了！他们怎么不为花儿穿上罩衣，怎么不在月亮下面搭个天篷哩，那倒也是让人感到奇怪的呀。这些甘当盲人的人，坐在漆黑的轿子里，在世界上行进，究竟见到了什么？假如真有人们企望和追寻的来世，那我宁可离弃遮盖得严严实实的世界，再生在自由、开放的美的乐园里。

人的语法中没有所有格

古代遮那竭国王①的王国里,一位婆罗门犯了大罪。遮那竭国王冷酷无情地对他说:"喂,婆罗门,从今往后,不许你再待在寡人行使权力的地方"

听了遮那竭国王的驱逐令,婆罗门诚惶诚恐地说:"请大王明示,哪些地方有大王的权力。罪人将遵从旨意,远离那些地方,栖居在别的王国。"

听了婆罗门这番话,遮那竭国王长叹一声,默默地思忖。突然,他像被天狗吞噬的太阳,堕入幻境。

片段之后,遮那竭国王清醒过来,对婆罗门说:"虽然朕继承的王国,在朕的统辖之下,可是深入思考之后,朕发现,朕并不拥有世上任何东西的权力。朕先是在大千世界,接着在京城弥提罗,最后在朕的臣民中间,寻找朕的的权力,但至今未获得掌控一物的权力。"

遮那竭国王这番话的寓意是,我们所说的我的东西,其实不属于我。到目前为止,我和它们只有极细微的关系。对于它们,我不拥有丝毫的权力。

我们称孟加拉词"索斯梯"为"关系格",是很恰当的。但英国人称其为"Possessive Case"(所有格),是非常错误的。

在人的语法中,只有"关系格",没有"Possessive Case"(所有格)。

就连一个原子,我们也不能全部享用,不能彻底了解,不能将其消

---

① 遮那竭系印度史诗《罗摩衍那》中的女主人公悉多的父亲。

灭,不能超期保存。

更有甚之,我们和躯体和心灵保持着关系,可对它们也不拥有权力。仿佛我们极为贫困,住在一位富翁的宫殿里,他只允许我们使用几间房子的陈设。他给了我们一个心灵,一个躯体,此外,给了一些日用品。我们不能打破也不能转移其中的一件。如若轻举妄动,立刻受到严惩。

印度史诗《罗摩衍那》

如果我们一时糊涂,认为"我的身体是我的",带着这种想法,粗暴地对待它,病魔立刻找上门来,给你颜色看。

所以,应该小心翼翼,视自己的身体为他人的身体,仿佛是别人抵押给我的;时时保持警惕,免得挨打,身上留下伤痕,也免得沾染灰尘。

如果你认为心灵是"我的",毫无节制地使用它,终生就得忍受心灵的痛苦。所以,我们十分谨慎地呵护心灵。一只粗暴的手一触及它,我们万分恐慌。

如果心灵不属于我,如果身躯不属于我,那么还有什么是属于我的呢?

告别青春

哦,青春之舟,
从此告别山样的重负。
　棹桨驰过了几多码头,
　　穿过了几多缤纷的梦幻——
温暖的南风一年年
　　吹送你活跃的篷帆。
惊涛骇浪颠簸你,
　　阴险的潜流冲击你;
圆月照拂的大海上,
　　疯狂的浪潮戏弄你。
此刻,浓重的黑云
　　笼罩两岸迷蒙的天空,
斯拉万月①江水暴涨,
　　不见沙渚、陡堤的踪影。
复杂的人生游戏,
　　一项一项终结,
伫立在四十岁的码头上,
　　哦,青春之舟,别了!

---

① 孟历4月,公历7月至8月。

哦，青春之舟，
容我装上韵秀年华最后的赞歌几首！
　往昔的幽泣、朗笑，
　　狡狯、真实、虚假……
请悉数载走，
　一件也别剩下。
切莫在渡口四周
　转来悠去，犹豫彷徨。
潮水已开始退落，
　升起千疮百孔的白帆，
飘向梦境般的
　血红的夕阳坠落的西山。
多年承载的沉重负担
　最终卸在金色云霞的海港，
那是你千年万世
　长眠的理想的地方。

告别青春时的泰戈尔

人生和演戏有许多相同之处

长期以来,有些人说:"我们是命运的玩偶。命运拿我们做游戏。"所幸的是,这不是十足的儿戏。这出戏遵循规则,有一个结局。

印度的《往世书》中,把人生喻为演戏。不过,不能因为有罪过,就终生流放那样的比喻。

人生和演戏,有许多相同之处。

单独审视每位演员的表演,觉得所有演员的表演松散凌乱,毫无关联,弄不明白动作的含义。

同样,把一个人的日常生活从民众的生活剥离出来,加以剖析,也会感到毫无意思,是命运的儿戏。

然而,事实并非如此。

泰戈尔扮演蚁垤

我们在上演一出大戏,每个人的表演,丰富着这出戏的故事。

一个个演员粉墨登场,演完自己的一部分,相继退场。他不知道,他表演的一部分人生,如何组成了整个剧目的故事情节。他只知道自己的那部分,不知道与整个剧目的关系。所以,他认为:我演的一部分结束了,整个戏也就结束了。

每天,成千上万的演员,默默无闻的也罢,声名远扬的也罢,一一登上舞台,一一退出舞台。大家与这出大戏密切相关。有的关系多一些,有的关系少一些。

有的知道，自己表演的一部分与整个剧目有多大关系，有的则一无所知。

　　假想一下，这是一出名为"法国革命"的大戏，重要的一幕结束了。千百年来，数百个国王，千千万万低微的平民，不知不觉演完了戏。单独阅读他们各自的人生，感到那是一段段哀嚎。可是若有把它们全部组合起来的能力，就能读到一部情节连贯、场面恢宏的历史剧。

　　想象一下吧。凡世的上空，天神和无数星宿一起观看这出戏。他们全神贯注，兴致勃勃！一个世纪是一幕，情节一点一点展现。他们以丰富的想象，猜度着每一场的变化！即使事先读过史诗，读过剧本，仍以无限的好奇心，急不可耐地等待看每个结局！

　　即将上演更加动人的一幕，他们屏心静气，心说："伟大的事件即将发生。多么精彩的表演！多么神奇的场景！多么宏大的戏坛！"

周围全是陌生人

仔细想想觉得好笑,即使十分密切,凡世的两个人多大程度上是息息相通的呢?与某个人相识十年,这十年中多长的日子算是对他有所了解呢?也许,终生相识,两者关系之资本,算一算,数量也不是很大。从这个角度而言,周围的人全是陌生人;于是我觉得,知音难觅。因为通常见面两天之后,就各奔东西了。

我们的亿万先人,在这阳光灿烂的蓝天下,也曾在人生的驿馆之中相聚,拱手作别,彼此遗忘,消失得无影无踪。如此一想,有些人的心中自然就萌生了断绝红尘的念头。不过,我却反其道而行之,有了更加广泛地观察,更加深入了解的欲望。

我们几个生灵像物质之海的水泡,飘到一个地方,这神奇的相聚之中,内蕴多大的奇迹和欢乐呀,今后几百个时代中也未必有类似的相聚。所以诗人巴松德拉耶写道:

　　一瞬间我丢失

　　陈旧的几百年。

确实,人类历史长河的一瞬间,发生数百年的离合。这次来这儿之前,一天中午"索"来到花园街我们家中,钢琴正在弹奏,我正要唱歌,不经意间扫视一下在场的人,蓦地觉得在无限流年的无穷事件中,这也是一桩奇事,其间的美质和欢乐,以及从流云飘移的天空射进开启的窗户的阳光,均是非同寻常的收获。

我不知道世俗生活的习惯的厚幕为什么撕开一条细缝,于是,我看见永恒背景上现映出体现个性的新生心灵、前面的景致和当前的事态。

习惯的一个特长在于,它减少、淡化四周的不少东西,穿甲胄般地掩盖自己,使心灵不与外界接触。但那样的习惯不曾糊黏住我的心灵,我眼里古旧一再变成新颖;所以我心境里的景色与别人看到的渐渐有所不同,我惴惴不安地观察着,我究竟成了怎样的人,待在什么地方?

一生不过是一瞬间的事儿

我到这儿仅仅四天,可是觉得熬过了无从计算的漫长时光。我想,假如我今天返回加尔各答,一定能发现许多领域发生了巨大变化。

只有我羁留在岁月之河外面的幽僻之地;在我毫不知晓的情况下,整个世界在日新月异地变化着。说实话,从加尔各答来到这儿,年月仿佛抻长了四倍;只有在我隐居的精神王国里,时针不循规蹈矩地移动。计算精神世界里的时间,是以感情的炽烈为标准的;某些片刻的苦乐,可以品味很久很久。在外面的人流、事件和一连串的日常事务不用时时核算的所在,像梦似的,极短的片刻变成漫长的时光,漫长的时光变成极短的片刻。所以我认为,所谓一段时光或一片天空,完全是我们的错觉。

加尔各答泰戈尔故居

一生不过是一瞬间的事儿

每个原子是无限的,每个瞬间是永恒的。小时候,我读过的一部波斯长篇小说的题旨,与我的观点不谋而合。这部小说,我爱不释手。虽说年幼,它的内容我大致还是能理解的。在这部小说中,为了说明时间的长度是无足轻重的,一位到处流浪的穆斯林,把为之诵念了咒语的清水倒入一只木桶,恭请国王:"陛下,请坐在水中沐浴吧。"国王一进入水桶,立刻发现他到了海边一个陌生的国家。他在那儿住了许多年,经历了沧桑变迁和各种事件,领略了各种喜悦和悲痛。他结了婚,生了一群儿子。儿子们相继死去,妻子也故世了,他的财产荡然无存。抚今追昔,他痛不欲生,可这时突然发现,他坐在宫殿上的一只水桶里。他怒不可遏,把那个穆斯林大骂一通。他的大臣慌忙劝道:"皇上,您不过在水里浸了浸,就把头抬起来了。"

我们的一生和一生的悲欢,也不过是一瞬间的事儿。我们觉得非常漫长非常显赫的东西,也只消在人世的水桶里抬头那一会儿工夫,就像瞬息的梦一样,变得微不足道了。流光是没有贵贱之分的,有贵贱之分的是我们凡人。

人的一生中总会有停歇之时

乐谱有休止符,诗行有停顿,正在写的这篇文章中,句号的重要性绝不亚于文章的其他部分。正是这些句号,握着文章的舵柄,不让文章漫无目的地呼呼地飘游。

事实上,一首诗即将完成,结尾是成功的关键。因为,佳作不会在诗尾后的空白中结束——它仍在诗句写完的地方说话——应该给它无声地说话的机会。

一首诗结束之处,如果它的乐音和词义全部耗尽,那么它会为自己的贫乏而感到羞愧。

逢年过节,一个人如果为了摆排场,花钱如流水,最后弄得身无分文,那么,那样的排场不是他富有的标志,他的贫穷将显露出来。

江河停止流动,是因为停流之地有大海,因而它并不蒙受损失。实际上,在陆地上远望,它停流了,可在大海里,它仍在流淌。

人的生活中,也有许多这样的停息。不过经常可以看到,人为停息而感到羞涩。我们常常听到英国人说,像马一样戴着笼头带着鞍鞯奔跑,栽倒在地而死,死得光荣!我们如今也常常引用这句话。

当人们否认在某个地方旅程已经圆满结束时,必然把行走当作唯一的光荣。

不懂得消费和施舍的人,只知道一门心思地攒钱。

消费和施舍的过程中,"积蓄"不断消耗自身,可这时"积蓄"以一种形式罄空,却以另一种形式获得成功。哪儿没有"积蓄"有益的罄空,哪儿必然产生无耻的悭吝。

有些人的眼里,生活与吝啬鬼一样。他们不想在任何地方停步,不住地说："走，走，走！"一旦驻足，他们的行程仿佛就不能结束，就显得不严肃；他们只承认鞭子和笼头的功能，不接受美的停歇。

他们跨越了青春年华，仍死劲儿拖着青春往前走；他们千方百计动用一切资财，做这种力不从心的事情——伴随他们的，是无尽的羞耻、忧虑和恐惧。

果实成熟，离别枝条，是它的光荣。如果认为离开树枝是贫贱，那他就是天下第一号吝啬鬼了。

在博取权位的同时，应该记住：完美了权位，就应把它放弃。

"我要不遗余力，硬拖死拽，把这种权位保留到最后一刻——这是我的荣誉，我的成就。"有些人自小接受这种教育，只要没有飞来横祸，像鼠从强行把他们从权位上拉开，他们就两手紧紧抓住权位不放。

在印度，在承认终结的人身上，看不到一丝羞涩。作出牺牲对他来说并不是一败涂地。

因为，弃绝并不意味着贫困。我们不能说，水果脱离枝条落到地上是失败。在地上，它奋斗的形式和领域发生了变化，它并未逃进委靡颓唐。在那儿，接下来是更大的诞生的酝酿期，是在陌生寓所中的居住期，是从外界进入泥土的旅程。

印度的古籍云：年逾五十，人应进入森林居住。

可那片森林，不是懒惰的森林，而是苦修的森林。在那儿，多年来人积蓄的苦心孤诣，转化为奉献的苦心孤诣。

行动的榜样，不是人唯一的榜样，成果的榜样，才极为重要。当稻秧一面与烈日和暴雨斗争一面成长时，是很美的。可当水稻成熟，在地里的日子结束，在农舍里的日子开始时，也是很美的。稻谷中间寂静地聚集着在稻田里与烈日、暴雨抗争的经历，这难道有什么不光彩吗？

谁要是发誓只在"稻田里"，而不在"稻谷"中评价人生，他的人生就会毁于一旦。因此我说，人的一生中，总会有停歇之时。如果我们在别人停歇之时，向他索要他在工作之时，我们曾向他索要的东西，那不仅是不公正的，而且自己必然一无所获。

在别人停歇之时，我们期望从他那儿得到的，是最终取得"成果"的榜样，而不是某个阶段的"行动"的榜样。

当一切皆无休止地运动，只有破坏创造，只有兴盛衰落时，我们就不能完整地看到稳固的"成果"的榜样——当行动停止时，才能看到"成果"。人有必要看见这终了的意趣和固定的形态。我们既要稻田里的禾苗，也要廪仓里的稻谷。

苦干的人把劳作当作唯一的收获——为此，一直到死，他执拗地向别人要让他做的活计。

不同的社会有不同的需求，人的价值在于遵从社会的需求。哪个社会呼吁战争，哪儿战士的价值最高。于是，大家抑制其他所有的奋斗，拼命想成为战士。

劳作的需求极其旺盛的地方，一直到死，人们无不竭力宣传自己的技能。那儿，可以说人没有句号，只有分词或非完成动词；人停歇的地方，除了羞惭，一无所获；劳作像一种烈酒，喝完了全身瘫软；沉寂之中没有人的丰富寓意；死亡的面目极为模糊而狰狞；不停地被搅翻的人生，痛楚，愤怒，在千百种机器的人为的驱赶下，不停地奔波。

踩着一个个瞬息走完人生旅程

童年时代弥漫着的梦想,经常在我的脑子里浮现,而且不觉得那是很遥远的事情。然而,今生的一半年华已经逝去了。

我们是踩着一个个瞬息,走完人生旅程的。但总的来说,人的一切渺小之极,平静地思考的两个小时,可以容纳人生的全部内容。

雪莱在世三十年,他每天的奋斗,每天做的许多事,不过凝聚成了两卷本的传记,而且其中还掺进了道登①的不少废话。我的三十年,恐怕还不够写一卷本的传记。

人生就是如此,实实在在是渺小的!然而,它包含多少苦斗,多少忧思啊!为获得这一点点素材,我做了多少笔生意,经管了多少地产,调遣过多少人啊!我默默地坐在这张长宽不过一尺半的椅子上,但以各种方式,实际上占有多么广阔的土地啊!那散布于各地的东西,能留下来的,在心里清理一下,只需花两个小时,而且不会流传很多年。

今天中午,独自待在船上,我心中的感喟,这一天我的疏懒,不知在传记的哪几页里泯灭。风平浪静的帕德玛河畔,沉寂的沙洲上这幽静的中午,难道不能在我无限的往昔和无限的未来之间留下一点金色痕迹?!

---

① 道登(1843—1913)系《雪莱传》的作者。

人的三个故乡

我们的三个故乡，紧密联系在一起。第一个故乡，是地球。地球各地有人的房屋。寒冷的冰山，炎热的沙漠，难以攀登的高山，还有孟加拉这样的平原，到处有人的存在。事实上，人的栖息地是共同的。它不属于某个民族，而属于全人类。对人来说，地球上没有一个地方不能抵达。地球对人类敞开它的心扉。

人的第二个故乡是回忆世界。人们用从往昔获得的先人的故事，建造时光之巢。这个时光之巢，是用回忆建成的。巢里装的不是某个民族的故事，而是全人类的故事。人类在回忆世界相聚。这世界上人的栖息地——一边是地球，另一边是全人类的回忆世界。人出生在地球上，出生在万物的历史上。

精神世界，是人第三个故乡。可称之为所有心灵的大陆。心灵世界，是每个人心中交流的场所。有的心灵也许被窄小的院墙包围，有的心灵被扭曲得变了形。但一个广博的心灵，不是某个人的，而是世界的。我们偶尔看到它的真貌。说不定哪天还能听到它的呼唤。人有时突然为真理慷慨献身。在一般人中间也可以看到，当人忘记私利时，在爱他人的地方甘愿吃亏受损。这时，我们顿悟，人心的一个领地，对所有的人心是敞开的。

人的个性

人像一条河,带着此岸彼岸向前流淌;他的个性和其他所有人的共性,就是相对着的此岸彼岸。舍弃这两者中的任何一个,就没有我们的幸福。

个性对人来说是一件昂贵的珍品。从人的行为中得知,为了以财富以生命保护自己的个性,哪种战斗,人没有参加过!

为了完善自己的个性,人不理会任何地方的任何障碍。在受到阻挡的地方,他感到痛苦。在那儿,他愤怒,贪婪,甚至杀人越货。

然而,我们的个性不可能随意行动。首先,人想用以塑造自身的各种财力、物力和材料,也有个性。我们不能凭借体力,随心所欲地把它们用于私事。那时,我们的个性和它们

人像一条河

的个性会达成谅解。在那儿,借助智慧和科学,我们设法达成妥协。在那儿,如不照顾别人的特性,稍稍抑制自己的脾性,就将一事无成。那时,除了接受别人的个性,还得服从规则,才能获胜。

然而,这种无奈之举中品尝不到欢愉。当然,不是没有一点儿欢愉。千方百计迫使困难臣服于自己的需求,在运用智慧和力量的过程

中，是有快乐的。换句话说，这不是获取的愉快，而是吃苦的愉快。这样也可感受到个性的能力和光荣。不遇到困难，就不会有这种感受。由此产生的兴奋的自豪感，大大增强我们的获胜欲望和竞争勇气。就像遇到石头的阻拦，溪水泛起白沫，腾越而过，在互相碰撞的过程中，我们双方的特性也有增无减。

我们看到，一方面是个体的特性的扩增，另一方面，是与整体的和谐。这两种原则同时在起作用。骄傲与友爱，离心力和向心力，同时进行着创造。

我们在个性中获得完满，在群体中也愿意舍弃私利，这样，才是一个成功的人。我获取了，就有营养。而我舍弃了，就有快乐。人世间，可以看到这两种对立原则的相逢。所以，要是不充实自己，又怎能完全奉献自身呢？那能有多少馈赠呢？越是自豪地馈赠，爱就越崇高。

至于我，一个渺小的我，在大千世界，也是独特的。周围有多少光华、多少速度、多少物品、多少负担啊，真可谓无穷无尽！但这大千世界打不碎我的自豪。我虽然人微言轻，可我独一无二。把渺小的我推进万物之中的我的自豪，是准备让天帝享用的。毫无保留地献给他，是我最大的快乐。唤醒我自豪的各种难忍的痛苦，至此宣告结束。天帝享用的这种东西，谁能破坏呢？

把我们的个性全部献给天帝之前，存在种种矛盾。那时，一方面是利益，另一方面是爱。一方面是欲念，另一方面是节制。在这种摇摆不定的状态中，那绽放美的，那保护平衡之典范的，被称为善德。凡是一方面承认我的个性，另一方面也承认别人的特性，不以双方的冲突敲出杂音的；凡是赋予个性以一个整体的安宁的，就是善德。力量扩大个性，善德美化个性，博爱牺牲个性。善德在力量和博爱之间，使强行的索取朝彻底奉献的方向前进。处于矛盾之中，接触了善德之光，人世的美像早晚的云彩一样，五彩缤纷。

在自己与他人、爱与利益发生冲突的地方，保护善德，是一件好事，但相当困难。它像诗性一样美，又像诗性一样难。

同样，我们在人世间展示我们的个性。这个人世不是我用双手造出来的。它每一步对我设置障碍。周围没有采取必要措施，让我在各方面得到充分展示。所以，在人世间，我与外界有矛盾。在有些人的生活中，那种矛盾深深地进入眼帘，弹出刺耳的声音。而有一些智者，在人世必定产生的矛盾之中，创作歌曲。他在他的一切欠缺和遇到的障碍之上维护着美。善德就是那种美。在人世的冲突中，他们在顺利发展个性方面蒙受的损失，由善德更多地加以弥补。

个性为了让自己获得成功，甘愿约束自己。否则，它就会沦落为变态，而变态将会导致死灭。个性跟随善德不朝博爱走去的地方，必然走向死灭。它过度扩张，变态，世界便与之对立。它滋扰了几天，便凄然死去。

当人的个性在善德的协助下，克服一切矛盾，成为美时，便做好了彻底奉献自身，与世界之魂相会的准备。事实上，我们狂野的个性踏着善德之梯攀登，进入爱，才会完美，才会终结。

人　性

"起来吧！苏醒吧！"这呼唤声已响彻四方。

我们中间谁已听见谁未听这呼唤？我不知道。但"起来吧！苏醒吧！"这句话一次次传到我们的门口。人世的每一道障碍、每一份痛苦、每一次分离，千百次弹拨我们的心弦发出的乐音中，回响的只有"起来吧！苏醒吧！"这句话。世界目不转睛地期待的由我们的泪水浸湿的新觉醒，在哪天的黎明时分莅临？长夜的黑暗消散的哪一天，在新鲜纯洁的阳光中，展示我们前所未有的奋进？我们多年的痛苦哪天结出硕果？我们的泪水哪天才有价值？

今天早晨不用对鲜花说："夜已尽，天已明，你绽放吧！"今天树林中姹紫嫣红的鲜花轻而易举地以色彩、香气和艳丽播布着大千世界蕴藏的快乐，温柔地以甜美与大千世界建立关系。鲜花既不折磨自己，也不打击别人，任何情况下都不露出犹豫的表情。它全身始终洋溢着志得意满的欣喜。

见此情景，心中不免产生一丝妒意，暗想："我的人生为何不在普照大地的欢乐阳光下，也如此容易如此完整地展示？人生之花所有的花瓣蜷缩着，在自己中间死死抓住什么？"清晨，朝阳走来，用闪光的手叩击它的大门，说："如同我把金色花般的金光洒满天空，你也轻松而欢快地在全世界展示你自己吧！"黑夜静静地走来，用纤柔的手抚摩它，说："就像我从我无底的幽暗捧出我所有光明的财富，你也无声地开启内心深处的秘密之门吧！把深藏于灵魂的宝库一瞬间送到惊讶的世界面前吧！"大千世界每时每刻以奇妙的摩挲无声地对我们说："展示自己，奉献自己！把对自己的关注变向对所有的人的关注！向着陆地、河流、天空，向着充斥各种苦乐的人世间那无可描述的梵天，把你彻底地袒露一次吧！"

然而，困难重重。我们不能像清晨的鲜花那样轻易地彻底地自我奉献。我们把自己隐藏在自己中间，因而我们四周万物的快乐白白地涌溢。

谁说快乐在浪费？谁能精确计算每个人中间隐藏的无穷生命力的成果？我们不像花朵，只有短暂的完满。就像一条大河依靠绵长的两岸之间千姿百态的流水，以波涛拍击山脉、平原、沙漠、森林、城镇、乡村，把自己漫长旅程中的大量积蓄时刻毫无保留地献给大海，

人生之花，展示自己

永不停止；它的滚滚流水永无尽头，它的停顿永无终极，人性也经历类似的峰回路转，多姿多彩，大面积地获得高尚的成功。它的成功来之不易。像江河一样，它要凭借自己的力量和速度逐渐开辟自己的道路。它建成一段堤岸，冲毁另一段堤岸；在某地分流，在某地合流；遇到新的阻碍，形成漩涡，自己让自己变得宽阔。假如它不遇到障碍，就不可能变得宽阔。不变得宽阔，就不能在"无限"中充分展示自己。

是的，确有痛苦。人世间的痛苦永无尽头。因有痛苦的重压和打击，人世间才有大规模的破坏和创造。其间日夜翻涌的波浪，色彩缤纷，形态繁多；轰鸣时而雄浑，时而低沉！人假如渺小，在渺小中结束生命，就再没有像痛苦这种不合情理的东西了。诸多痛苦不属于渺小。痛苦是崇高的光荣。人世间人性因痛苦的崇高而变得崇高，它用泪水举行灌顶大礼。花朵没有痛苦，禽兽的痛苦的范围很小。人的痛苦是多种多样的，深沉的，常常是无可言说的。人世间似乎不能完全找到人的痛苦的界限。

这样的痛苦使人变得高大，也让人清醒地认识到自己的高大。这样的高大让人有资格品味快乐。

人性是我们最大痛苦的珍宝，只有靠勇气才能获得。然而，常常是受了苦也难以得到它，经受了死亡的恐惧也难以得到它，经历了危险也难以得到它，即使有各种炽热欲望也难以得到它。在争取这难以得到的人性的努力中，灵魂感受到自己的全部力量。它从中得知，它昂首挺立在痛苦之上，死亡之上有它的功业。

对人来说，拥有人性不像鲜花拥有花性那么容易。通过人性，人应获得的东西，不是睡眠状态中可以获得的。为此，人世的一切严厉"打击"在对我们说：

> 起来吧，苏醒吧，找到真正的导师，提高觉悟吧，
> 诗人们说，那条路像锋利的尖刀一样艰险。

所以，早晨，当树林中，花叶中，它们细微的完美，它们天然的美艳，全部呈现之时，人行进在自己的崎岖道路上，忍受难忍的痛苦，怀着未竟的伟大事业的光荣，会不吟唱各种圣洁的快乐之歌？早晨，树木青藤上只有花儿绽放、绿叶的细浪、晨鸟的歌鸣和光影的颤动。在这明丽的早晨，人必须满怀信心，在争取胜利的坎坷道路上前进，忍受身体的疲累；在苦乐的惊涛骇浪中驾驶人生之舟。之所以能这样做，是因为人是崇高的，人性是坚毅的。

短暂人生和永恒人生

有时候我想,我是幸福的人,还是苦命人,这对我来说都不是最后的结局。我们最幽秘的本性,在各种苦乐之中,感觉着自己的拓展。我们短暂的人生和永恒的人生交叠在一起,但两者不是一体,这我已清楚地认识到了。我们的短暂人生分享痛苦和欢乐;我们的永恒人生不沾丝毫苦乐,但从中汲取活力。

树叶每天在阳光中舒展,干枯,凋落,新叶同时又萌发;树木短暂的一生仅仅享受阳光,并在灼热中枯萎,而树木永恒的一生,从中积累了不燃烧的永恒之火。

我们每日的每个片刻的叶子,也朝四周舒展,分享人世一切流变的苦乐,并在那苦乐的灼光中干枯、焚烧、飘落;但我们的永恒人生,不会触及那片刻之火,然而可以从中不断地汲取热力。

谁享受片刻的苦乐的能力较低,片刻的焚烧也较短,他永恒生命的积储同样也较少。摆脱苦乐的灼烧,他们的短暂人生维持很长日子,他们在懵懂之幕的遮盖下,将片刻维持得较长;而让苦难的日子富于生气,就会突然发觉,它是属于永恒的;人世的区区小事,也就变得非同寻常了。

我们为什么能够作出重大的牺牲呢?是高洁的激情,使我们的短暂人生与我们分离开来,它的悲欢便不再触及我们。我们蓦地发觉,我们比我们的悲欢高尚得多,我们摆脱了每日渺小的桎梏。

寻求快乐、挣脱痛苦,是我们的短暂人生的主要信条。但在一个个来临的日子里,我们发现,那样的信条在我们内心世界的某个地方寸步难行。我们击败短暂人生,赢得欢乐,把痛苦熔铸成项链,欣喜若狂。

似乎借助内心世界的自由人的力量,历尽种种苦乐,我将永远获得人性的胜利。

然而,当周围又聚集了人群,每日的饥渴便更加厉害,从我们的眼前,把最幽深的自由的"刹帝利①"支开,那时就很难作出自我牺牲了。

泰戈尔在农村希拉伊达哈的寓所

我住在乡村时,秉性内的欢乐,开启我内心世界的乐园之门;曲子携歌词走进不朽,同样,内心永乐的曲调,使平常的家庭赢得永久的光荣;我们所有友好、亲情的关系,充满真挚,熠熠闪光。痛苦虽不因此而消失,可它超越了我的小我的狭小界限,在无涯的天宇扩展;在那儿,它同时放射出不竭的美。

---

① 印度四大种姓中的武士种姓。

我曾经是一棵树[①]

在我旧书信的一处这样写道：幽远的一天，沧海中沐浴甫毕的年轻的地球上，我成了一棵树，萌生叶片。您手执编辑的利斧，朝我这棵树的回忆的根部砍去。您这样做不是刈除多余的枝条，而是戕害生命。因为，那是我生命的心语。

我的生命中隐藏着树木的生命的回忆，今天我成为人，我承认这是真的。不单是树木，整个物质世界的回忆，也潜藏在我的体内。世界的脉搏，在我的全身，扩布着亲情的快乐。在我的生命中，累世经代，绿树、青藤哑默的快乐，今天获得了语言。否则，芒果树花蕾中的幽香欣喜若狂之际，我焉能收到请柬，准备欢度春节！

我体内的无穷欢乐，是河流、陆地、树林、飞禽走兽的欢乐。您为何不让我承认这一

我曾经是一棵树

点呢？是怕别人耻笑我么？我假如介绍自己是政府机关里身穿黑毛料制服的文书，一生的经历如何如何辉煌，人们大概觉得那是实实在在的东

[①] 本篇系泰戈尔写给拉蒙特罗松德尔的信。

西，神色庄重地赞许地点点头。如果电车的乘客和买月票的乘客，听到我与世界万物融合的情形，报以冷笑，我只得默默地把冷笑咽下肚去。

您看，当我坐在开启的船窗口，遥望阳光照耀这古老大地的灰褐色土壤，我的身躯仿佛透过尘土和青草，无阻地朝地平线扩展。我伴随着日月星辰，伴随着泥土、岩石和水，伴随着万物，在一个个吉祥的时刻，这句话在我的心里清晰地响起之时，我的身心在一个宏大的存在的巨大欢悦中，不由自主地喜颤。这不是诗人的浪漫抒情，这是我的本性。我从本性出发，写诗写歌写故事，因而您不要将其隐瞒。我为此丝毫不感到羞赧。

我是人，因而我也是尘埃、泥土、流水、树木、飞禽走兽，我就是万物——这是我的光荣——我的意念中闪耀着世界的历史——我的存在中，汇集了所有的生物、非生物。所以，我的血液熟识海涛的节拍，与之共舞，但海涛不认识我；我生命的欢乐与树木生命的欢乐融和，开花结果，但树林不认识我。我的回忆不在它们中间，这有什么可笑的呢？我不会凭借膂力阻挡您，只是对您倾吐了我的怨艾。

我的大千世界

黑夜像散乱的头发遮住地球的脊背，一直披散到脚跟。但它不是太阳女神光洁额头上的一颗黑痣。繁星之中，如果谁乐意用纱丽下摆抹去这个黑斑，在她纱丽上留下的痕迹，不会落进吹毛求疵者的眼里。

它就像太阳母亲怀中刚刚出生的黑婴儿。成千上万颗星星目不转睛地站在大地这摇篮的两边，一动不动，生怕把它惊醒。

我的朋友"科学"，听这几句话，忍不住说："你仍坐在旧时代候车室的安乐椅上打瞌睡。可二十世纪科学的火车，一面鸣笛一面奔驰。'繁星凝然不动'，你这话太离奇了，纯粹是诗人的想象。"

我承认这是诗性上的黑斑。这诗性上的黑斑，像地球的黑夜。它的床头，伫立着战胜世界的"科学"的阳光。但不要伸手碰它，爱怜地说："哦，做梦吧！"

我想说的是，我清清楚楚地看到，星星默不做声地站着那儿。这是无可争辩的。

而科学说："你站在极远的地方，所以你看到的星星是静止不动的。但这不是事实。"

我说："你在极近的地方窥视，所以你说它们在运动。这也不是事实。"

科学转动着眼珠说："你这话是什么意思？"

我也转动着眼珠答道："你站在'邻近'一边，大骂'遥远'，我为何不能站在'遥远'一边，痛骂邻近'？"

科学说："既然它们双方说相反的话，那就得支持它们中间的某一方。"

"你没有支持任何一方呀。"我说,"你说地球是圆的时,打着'遥远'的旗号。当时,你还说,我在近处,因而误认为地球是平的。你的观点是,站在近处,只看到一部分。不站在远处,就看不到整体。我赞同你这种说法。为此,人就这样盲目地自鸣得意。因为,你离得太近了。"

整个地球说:"我是圆的。"但我脚下的土地说:"我是平的。"脚下的土地的话更具说服力,为什么呢?因为它说得非常详细。然而,我从脚下的土地得到的信息,仅仅是立足之地的消息,而我们从整个地球得到的是真实,是有关整体的消息。

一片叶子是一个广阔世界

如果用显微镜观察一片叶子,可以看到一个广阔世界。如果把这个世界放大,那片叶子的体积也不断变大,它就越来越细微,越来越模糊,直至消失。在缩小的天空,我所说的叶子,置于广阔天空,对我来说,可以说它就没有了。

以上谈了空间。再说说时光。如果把飞奔的一匹马的一分钟变成十小时,那就根本看不见它抬腿。小草每时每刻在生长,可我们却看不到。在很长一段时间后测量小草的高度,我们才能知道小草在生长。如果这段时间比我们认定的长很多,对我们来说,小草就和大山一样,是岿然不动的。

因此,当我们的心灵与时间的节奏相同,根据它的速度,我们看到榕树矗立着,江河在流淌。随着时间的速度发生变化,也许我们看到榕树在行走,而江河却不流动了。

由此可见,脱离我们的认知,我们所说的世界就不成为世界了。当我们看见高山、太阳和月亮的时候,很容易觉得,外面的一切,我们都能看见。我的心灵仿佛是一面镜子。但我的心灵不是镜子，它是创造的重要因素。我一瞬间目睹的景物，是那一刻通过视觉进行的创造。有多少心灵，就有多少种创造。不同情况下，心性不同，创造也不同。

科学这位朋友匆忙赶来，又问："心灵到底是什么？说给我听听。"

我答道："'无限'接受'有限'，这就是心灵的一个方面。那里有时空；那里有形象、芳香、韵味；那里有繁多；那里有它的表现。"

有人说，抹掉"有限"和"无限"的区别，进行的观察，不是真正的观察。他们说，"有限"和"无限"是有区别的。如果没有区别，怎么创造呢？"无限"把自己压缩成"有限"的地方，他的创造是多元的。但他没有放弃他的"无限"。

想想自己的存在，这些话就容易理解了。我通过我的言谈举止每时每刻表现自己。我的表现，就是自我创造。但在这种表现之中，我又数倍地超越了这种表现。我有千万个"有限"，又有千万个"无限"。我未展现的我，在已展现的我之中，是真实的。我已展现的我，在未展现的我之中，也是真实的。

我缺少理论知识。我不是从理论的角度进行探讨的。我是一个执拗的人，坚信"繁复"，从不怀疑大千世界。我通过自己的本性，认知"遥远"是真实的，"邻近"也是真实的；"静止"是真实的，"运动"也是真实的。

对我来说，形象是个奇迹，神韵是迷人的。最令人惊奇的是，"有形"之泉日日从"无形"之心中喷出，永不枯竭。我看到，我的心充满爱的那天，阳光分外明亮，月光特别温馨。那天，世界之曲以新的节奏新的旋律奏响。我从而省悟，大千世界与我的心和灵魂浑然交融。我唱雨季的歌曲时，那梅格姆拉尔曲调，使世界所有雨季落泪的声音充盈崭新语言和美好情感。在画家的画作和诗人的诗歌中，世界的奥秘身着新衣，以新的姿态呈现。我从中知晓，这世界的水域、陆地和天空，是由我心灵的彩丝织成的。诗人和哲人的责任是，提醒误入迷津的人：世界就是我。

世界就是我

论理学说的是一种话，自然科学说的是另一种话。但诗人说，艺术之神用系上我心弦的情琴弹奏的，是世界之曲。否则，是弹不响的。情琴的心弦不止一根。千万根心弦弹奏千万支乐曲。系心弦的情琴不是僵硬的，而是生机勃勃的。它不光演奏谱成的曲子。它的曲子在发展，它的七个音符在变化，它的弦丝在增加。它辅佐创造的世界，不会在任何地方一动不动，也不会在任何地方停下脚步。

我感到无上光荣的是，我没有住在驿馆里，王宫里也没有分给我一间屋子。大千世界有我的一席之地，他用我进行他的创造。所以，这大千世界不仅是五行或六十五种元素的所在地，也是我的心灵之巢，是我生命的乐园，是我的爱欢聚的圣地。

岁月不留人

世界收纳我们一生中做的全部事情,但不会接纳我们。当我们把人生的作物装在人世之船上的时候,心里暗暗希望,船上有我的一席之地,然而,刚过两天,世界就把我们忘记了。你想一想,我们每个人的人生,建立在亿万被遗忘的人的人生之上。我们的食物、服装、宗教活动、语言情感,一切的一切,是无数前人被遗忘的劳作和被遗忘的奋斗的延续。我们生火做饭,可谁知道发明火的人。最初耕地种庄稼的人的名字,如今在哪儿?世世代代的人,以各种方式养儿育女,他们的所作所为,依然活在我们中间,但他们带着他们的名字,带着他们的苦乐,已消失在遗忘的深渊。他们每个人曾经对世界说:"我甘愿为你吃苦受累,把我的一切都拿走吧;把东西送给你,是我的快乐,收下我的一切吧,但个要遗弃我,也不要忘记我——在我做的事情中间,请郑重其事

人生的作物装在人世之船上

地留下我的一点儿痕迹吧。"然而，哪有容纳人的那么多地方。我们人生的作物，以这样那样的形式，留了下来，但我们留不下来。

世人的这种急切心情，这种哀伤，一代代延续下来。在个人生活中，我们的爱情中也有这样的痛苦；我们可以提供服务，可以给予真爱，可同时呈送自己的话，那就只会是一种负担。我们奉献爱心，付出辛劳，但不要同时呈送自己，这就是人生教育。因为，呈送自己，纯粹是多此一举，也没有置放你的地方。那样做的话，只会减少赠物的价值。

有人喃喃地说："在人生的此岸，我只有一小块耕地，我很孤独。"——这不足为奇。我们每个人都是孤独的。每个人的四周，那无底的个性差异的鸿沟，谁能跨越?！在一条条鸿沟之间特殊性格的后面，我们耕耘着自己的一小块人生之地。一天天劳作，一天天储存作物，终于有一天省悟，我不能把这些作物带到任何地方去，全部都得留下。留给谁呢？接受者①，似乎认识又似乎不认识，他摇动过我们的心旌，但从不露面。我对他说："哦，你收下我的一切，也收下我吧！"他收下我的一切，但不收留我。我们怎么知道，他收集了我们的一切去了哪儿！他一刻不停地走向空茫的未来，我们何曾见过未来的边际！尽管如此，我们不得不把自己的一切交给这漫漫旅途中的大神，交给这既熟悉又陌生的人世；我们带不走一样东西，也不能把自己留下。

---

① 指创造大神梵天。

生与死

一

我想到许多时代
在生死和爱情的川流上漂浮,被遗忘,
便感觉到了辞世的自由。

二

夜吻着渐渐黯淡的白昼,
在它耳边轻声说:"我是死,你的母亲。
我要给你新的诞生。"

三

死亡之泉,使生命的静水活跃起来。

四

灿亮的生命之岛四周,
日夜翻涌着死亡之海的无尽的歌曲。

冥想生死的泰戈尔

五

我将死了又死,
从而知道生是无穷无尽的。

六

让死者拥有不朽的声誉,
让生者拥有不朽的爱情。

我不怕死

你读了我以死亡为题材的许多诗,写信问我怕不怕死。一般来说,我是不怕的。生和死,是个体的两个方面——如同观念中的沉睡和苏醒。常常可以看到,幼儿困了,就异常烦躁,乱抓面孔,伸手蹬脚,想让自己保持清醒。大人们见状,并不焦急。他们知道,要是不入睡,清醒是痛苦的。死亡也是这样。假如死亡不来临,带着不断延续的生命,就得大呼救命啊。不可舍弃、必须与人生结合的东西,是很容易相信并接受的。既然死亡是人生的终结,人死了谁会蒙受损失呢?一个人死了,他并没有什么损失嘛。当我活着时,还没有死嘛。提前害怕,愁眉苦脸,管什么用?如果我不在了,哪儿也不会有痛苦。而只要我还活着,今后和现今的情况就大致相同。换句话说,活着的苦和乐,与得失和好恶一样,不停地交替转换。如果不愿放弃今日的生活及其一切责任,那日后的生活也将如此。幼小的时候,我特爱我的奶妈,当时的生活以她为中心。我一天也不能不流眼泪、心情愉快地想象,她离开我一个小时,生活将会怎样。但如今她杳无踪影了,未留下一丝痛苦的痕迹。之后,由其他核心人物构成的生活的价值更高,有更多的苦乐。但最后这一切也将不复存在。在生活中间形成另一个实体时,我因新实体而更博大,绝不会吃后悔药。所以,谈起死亡,最好泰然自若,无所畏惧。当然,某些形式的死亡,是我不乐见的。老虎把我当作食物吃掉,这是我不喜欢的。不过,有些不喜欢的东西被老虎吞食,不叫死亡。其实,被老虎吞食中的死亡,是最值得期待的。假如我五十岁上被老虎吃了,就肯定不必给算命的婆罗门酬金,为保命而举行禳灾仪式了。

死亡之我见

  他们跑来对我说,
诗人,愿听您对死亡的高见。
  我欣然说道,
死亡与我亲密无间,
  他附在我每一条肌肉上。
我的心跳应和着他的音律,
  他的欢乐之河
    在我的血管里奔流。
死亡号召我:
"甩掉包袱,向前,向前!
  在我的引力下,
    以我的速度,
    每时每刻死着朝前走。"
死亡警告我:
"你如默坐着抱着你拥有的财物,
  看吧,在你的世界,
    花儿凋枯,
    星光黯淡
    江河干得只有泥浆。"
死亡鼓励我:
"不要停步,
  不要瞻前顾后,

前进！越过困乏，
　　越过僵硬，
　　　　越过陈腐，
　　　　　　越过衰亡！"
死亡继续说：
　　"我是牧童，
　　　我放牧创造物，
从一个时代走向另一个时代的牧场。
　　我跟随生活的活水，
　　　防止它跌入洞穴。
我排除海滨的障碍，
　　呼唤它导引它注入大海，
　　　那大海就是我。
'今时'，想止步，想推诿，
　　把负担加在你头上。
'今时'要把你的一切吞进肚里，
　　然后原地不动，
像饱饮的魔鬼昏睡不醒。
　　那样它便是毁灭。
我要从终年呆木的'今时'之手
　　救出创造，
　　携往崭新的无穷的未来。"

我脚下的路

一

我脚下的路，走出林海，走进一望无际的恒河平原。它在田畴河畔流连，在渡口榕树底下盘桓；从衰老的河埠踅回村落，穿过芒果园、芝麻地，绕过莲塘、祭神彩车，便不知溜达到哪个村里去了。

数不清的人，踏着这条路，在我身旁来去匆匆。有的携带家眷，有的望去只是团模糊的身影；有的蒙着面纱，有的露着面孔；有的去汲水，有的头顶盛满河水的陶罐归来。

泰戈尔脚下的路

二

白日流逝，黄昏来临。

我记得我有一天认为这路归我所有，完完全全归我所有。如今，看来我不过是受命在这路上走一遭而已。

柠檬林，池畔，十二座神庙前的埠头，沙渚，牛厩，稻垛……所到之处，那熟悉的瞥视，熟悉的语调，熟悉的嘴唇里，何曾再次听见"哎，你瞧"。

这路是前行的路，不是归返的路。

暮色渐浓的黄昏，偶尔回头远眺，但见路上凝聚着无数支被遗忘的足迹的赞歌，凝结着颂神的琴曲。

年复一年，一切过往的旅人的生平，被这路用一颗尘粒的笔锋简略地记载下来。尘粒的笔锋不停地移动，从日出的东山到日落的西山，从金碧辉煌的东方闾阖到金碧辉煌的西方闾阖。

三

"呵，脚下的路，你不要以尘土的桎梏禁锢千百年浩繁的史实，使它们有口难言。我侧耳贴近路面，对我细声耳语吧！"

路，伸出手指着黑沉沉的夜幕，不发一语。

"呵，脚下的路，亿万旅人的如许愁思，如话企望，湮没在何处？"

路不答话，像哑巴似的，只是牵引我的视线，从旭日喷薄的地平线到残阳垂落的西天。

"呵，脚下的路，你坦荡的胸脯上落下的花雨般的足迹，而今不复存在了么？"

脚下的路莫非晓得自己的终结？那里，云集着全部回归的落花和缄默的弦乐，星光下正隆重举行苦难的永不熄灭的灯节吧？

友谊和爱情

友谊和爱情，差别很大，可立马说出两者的不同之处，并不容易。

友谊身穿休闲服，可爱情身穿正装。友谊的休闲服一两处破了仍可以穿，稍微有些脏，无关紧要，下摆不到膝盖下面，无伤大雅，只要穿在身上舒服就行。

但爱情的服装非常整洁，纤尘不染，没有一点儿破绽。

友谊能忍受拧揉、拉扯、压挤，但爱情忍受不了。

我们钟爱的人，参与低下的娱乐，我们心痛不已，但不管朋友做什么，我们不会难过。当我们沉湎于享乐时，甚至盼望朋友出现在身边。

我们由衷地希望，我们钟爱的人成为美的榜样。至于朋友，尽可跟我们一样，做一个善恶掺杂的尘世的普通人。

我们的左右手捧着友谊。我们期望得到朋友的同情，得到朋友的爱护，得到朋友的襄助，所以，我们需要朋友。

但在爱的领域，我们首先渴求心爱，希望百分之百地得到他，当然期望得到他的真情实义，得到他的关爱，与他朝夕相处。即便一无所获，照样也爱他。我们在爱情中得到他，在友情中部分地得到他。

所谓友谊，可理解为三个实体，即两个人和一个世界。换句话说，两个人成为合作者，做好世上的工作。

而所谓爱情，只有两个人，没有世界。两个人就是两个人的世界。

所以，友谊的简称，是"二"和"三"，而爱情的简称，是"一"和"二"。

许多人说，友谊可以逐步演变为爱情，可爱情不能降格，最后成为友谊。一旦爱上一个人，之后要么爱，要么不爱；可与别人建立了友谊，并不妨碍渐渐地培养爱情。换句话说，友谊有升华的空间，因为它并不占有所有的地方。可是爱情没有扩张、收缩的余地。它一旦存在，便充斥所有的地方，否则，它就不存在。它看到它的权力不断减少，没有兴致再去占有友谊的方寸之地。昔日高踞宝座的国王，同意当无牵无挂的游方僧，怎会心甘情愿当纳贡的诸侯！要么手握权柄，要么四海云游！中间没有他的立足之地！

国际大学师生祝贺泰戈尔荣获诺贝尔文学奖

也可以这么说，爱情是寺庙，友谊是住宅。神明离开寺庙，不可能去做住宅区的事情，但在住宅区，可以安置神明。

忠　诚

当成功隐约地显现时，我们不由自主地兴奋地回想起迈过的脚步，这时谁也挡不住我们，我们不感到疲倦，不感到虚弱无力。

但刚开始奋斗时，成功在遥远的地方不肯露面，我们脚下的路也不平坦，我们长途跋涉的动力是什么呢？

是忠诚！忠诚担负推动我们前行的责任。

当心里充满苏醒的虔诚，我们没有一丝忧愁；路似乎不再是路，我们快步如飞。但当虔诚远在天涯，心中空虚，那十分艰难的时刻，谁是我们的精神支柱？

唯一的精神支柱是忠诚！它支托着枯萎的沉闷的心。

沙漠中旅人的坐骑是骆驼，这异常强壮的生灵没有一点儿娇气。不喂它饲料，它依然迈着坚定的步伐；没有水喝，它照样昂首阔步。黄沙晒得滚烫，它继续前进，默默地前进，有时觉得沙漠没有尽头，似乎只有死路一条，可它仍不会绝望地卧倒。

同样，只有忠诚能在精神贫乏的荒凉沙漠之路上不吃不喝，不计较报酬，引导我们前进，它健旺的生命力穿越冷嘲热讽的鹿砦，在荆棘丛中汲取养料。当死亡的沙暴疯狂袭来时，它低下头紧贴着沙丘，让沙暴在头上掠过。谁能像它这样吃苦耐劳，坚韧不拔？

漫漫大漠。想象中的海市蜃楼时常欺哄前进的道路，成功的奇妙形象只偶尔闪现。我们今天好像站在昨天站过的地方。我们想集中神思，可神思飘忽不定。我们呼喊心灵，心灵没有反应。我们觉得徒劳地作了祈祷，白白地受累。但忠诚肩负那徒劳的祈祷的重荷，日复一日，艰辛地朝前迈步。

向前，向前！毫无疑问，它正一天天接近目的地。有一天虔诚的绿洲突然出现——一望无际的灼热的灰黄之中，有一片甜果累累、绿荫婆娑的枣树林。静谧的树荫下，清凌凌的泉水淙淙流淌。我们畅饮泉水，在树荫下休息，然后又踏上征程。

然而，那虔诚的美景，那清凌凌的甘醇，不会时刻伴随我们。陪伴我们上路的又是皮肤干皱、冷峻、不倦的忠诚。它的特长是，一天有机会饮了虔诚之水，很长时间它能把水储存在体内神秘的器官里。在严重缺水的日子里，那是缓解它干渴的甘露。

我们平时所说的虔诚，是对探寻的目标的虔诚，而忠诚是对探索的虔诚。艰辛、枯燥的探索是忠诚的生命的财富，饱含它深沉的快乐。它依凭这无私、神圣、霹雳般的快乐，排除失望，甚至不惧怕死亡。作为我们在沙漠之路上唯一的旅伴，在走到路的尽头的那天，它把我们交托给虔诚，自己躲进仆人的居室。它从不骄傲，从不提出什么要求，大功告成的日子，躲藏起来是它的幸福。

纯正的谦虚

不是高明的珠宝商人,鉴别不了"纯正的谦虚"。

一些踌躇满志的人,提醒自己不露出骄傲的神色。他们拥有大量田产,向许多人征收声名的税赋,于是,他们有了保持谦虚的必要资本。他们把谦虚当作一种时髦。庄园外面,不是我的大片土地么,家门口那就建一座"谦虚"的花园吧。

没有田产的可怜虫,征不到一分钱的税赋,为了填饱肚子,在自家的庭院里"自我"的宅基地上播种骄傲,他没有培养时髦的园圃。开口说大话,暴露自己的贫乏,可又没有掩饰贫乏所需的大量骄傲的资本。

总而言之,有一些人时髦地保持谦虚,另外一些人出于某种需要一脸傲岸的神情。两者有着细小区别。

百分之九十九的无贤无德的人,浑然不知自己缺少贤德。

然而,哪里有全然不知自己品德的贤士高人?不过,世上确有一些谦虚的人,不在人们眼前,一天到晚炫耀自己的品行。那么,谁是谦虚者?不,不是那些忘却自己的人,也不是不了解自己的人。

名门大户的主人对请来的客人说:"先生光临寒舍,今日让您受苦了。"等等,等等。众客人忙说:"啊,您太客气了!"

他们是不惹眼的骄傲者吗?他们言词谦恭的缘由,与陷入窘迫的人不哭装笑的缘由大致相同。他们绝不会忘记,他们的住所是高楼,而不是茅舍。他们的骄傲情绪,时时活跃在头脑中。为此,他们老是提心吊胆,唯恐让人看出他们不够谦虚。客人来了,急忙说:"先生,这是寒舍,不是高楼。"

假如有同样德性的骄傲的水牛，它会对蚊子说："啊，先生，我压根儿不知道你一直坐在我的犄角上，刚才才发现，你嗡嗡地飞来了。你的家是楼房还是茅舍，我一刻也不曾想过，它也不曾映入我的眼帘，所以有什么必要议论住宅呢？"

在印度，类似的骄傲者的"谦虚"，泛滥成灾。

嗓音甜美的歌手说："我的嗓子不好。"

优秀的作家说："我写的全部糟粕。"

如花似月的美女说："不好意思在人前显露我这张黄脸。"

这种心口不一的表白，最好全部驱逐。

假谦虚掩盖不了骄傲，也不能说明你淳朴真诚。借助这种雕虫小技若能表明谦虚，那谦虚太廉价了！

关键在于，根本不存在一种称之为"谦词"的东西。"谦虚"是不开口说话的，"谦虚"的含义，是默不做声。"谦虚"是认知欠缺的品德。

我有值得骄傲的东西，却不让它在心中流连，这就是谦虚。心里总想着"我得表示谦虚"，其实不是谦虚。

公开宣称自己"我很贫困"的人，不是谦虚者；生性不爱宣扬"我很富有"的人，是谦虚者。从不强迫自己装作谦虚的人，是谦虚者。

然而，学习外国语言，要学语法，要翻字典背单词；谦虚对于某些人就像是外国单词，他们得背"谦虚"的字典上的词汇。可是背下来的"谦虚"，参加了人世的考试，干起活儿来发现，在考场外面，它一事无成。

痛 苦

当我们认真思考人世法则时,"世界上为什么有痛苦?",这个问题最让我们困惑不解,烦躁不安。我们中间有人说它是对人类远祖的原罪的惩罚。也有人称之为前世的因果报应。但是不管他们怎么说,痛苦依然是痛苦。

实际上不可能没有痛苦。痛苦的理论和创造的理论紧密相连。因为,不完美就是痛苦,而创造总是不完美的。

为什么有不完美呢?说起来话就长了,它源自洪荒时代。"创造不会不完美,时空中它不可分割,它不会囿于前因后果。"这恐怕是荒唐的奢望,不应该在我们心里产生。

世界是不完美的,因而才是活跃的。人类社会是不完美的,因而才奋斗不息。我们的自我认知是不完美的,因而总以不同方式了解灵魂和其他一切事物。

应该记住,与完美对立的,是空虚。但"不完美"与"完美",不是对立的,不是敌对的,是"完美"的一种表现形式。演唱的一首歌,未达到最高音阶,未结束时,确实不是一首完整的歌,但这同这首歌不是对立的,每个部分中涌动着这首完整歌曲的欢快。

其实,不完美的世界,不是空虚,不是虚假。在这个世界,形态中有非形态,声音中有感觉,气味中有躁动。天空不仅环围着我们,也使我们的心颤动。

当我看见冬天帕德玛河细浪不兴的澄碧河水,在淡黄清寂的堤岸中间漫无目的流淌时,难道会说"怎么会这样"吗?说河水在流动,不能涵盖一切。甚至等于什么都没有说。它那奇妙的姿态和无声的歌曲,由这流水极为沉稳地描述着。这不过是水和泥土。可它表现了什么呢？表现的是：这是快乐的不朽形象。

我也见过拜沙克月惊心动魄的风暴中的帕德玛河。飞扬的沙尘黯淡了鲜红的夕阳。河水不住地瑟瑟颤抖，好像被鞭打的黑马光滑的皮毛。河对岸沉寂的一排排树木上面的天空中，呈现凝固的苍白的恐惧。不一会儿，疯狂的风暴跌进水、陆、空的大网，裹挟着自己的破碎乱云，旋转着迷失方向。这样的情景，我曾亲眼目睹。我看到的，仅是乌云和狂风？仅是灰尘和沙土？仅是流水和两岸？不，这些细微之物中，有神奇形象的崭露。

帕德玛河

庆祝世界的盛大节日，在这蓝天的宏大庭院里，仿佛谁扔下了可当盘子用的"不完美"之叶，而我们正坐在"完美"的宴席上。那"完美"以各种形态各种味道，不时让我们清醒地体味难以想象和无可描述的感知的惊喜。

人世间，"不完美"仅是"完美"的一种表现。同样，与这"不完美"日夜相伴的"痛苦"，与快乐也不是对立的。它是快乐的一部分。换句话说，"痛苦"的完满和成功，不是痛苦，是快乐。

我缘何说这些话呢？我如何摆出足够的证据呢？

如同在朔日之夜的黑暗中，天空仍在展现繁星，灵魂陷入"痛苦"的浓密黑暗中，难道一天也未看到欢乐世界的北斗星光？在那儿，永生与死亡，欢乐与痛苦，难道没有浑然交融？

这难道是有争议的话题？这难道不是我们知晓的真实吗？每个人心

中，深藏着这样的认知。在世界史上，最受人祭拜的一些人，是痛苦的化身，而不是舒适环境中长大的财富女神的女婢。

我们应该记住，"不完美"的光荣是"痛苦"，"痛苦"是"不完美"的财富，"痛苦"是它唯一的资本。人获得一些真实的东西，是靠痛苦获得的，因此他才有人性。他的能力确实较小，但上苍未让他沦为乞丐。他得到一些东西，不光靠伸手乞求，更靠吃苦受罪。不完美的生灵，依凭痛苦的财富，与"完美"保持着引以为荣的关系。

不光在个人中间，也应在广大的领域审视"痛苦"，那儿，它以自己火焰的灼烧和雷电的打击，创造了多少民族、多少王国、多少社会！那儿，它让人的"寻问"在崎岖的路上奔走，让人的意愿穿过难以刺破的屏障，一一闪现，而不让人的拼搏在微小的胜利中终结。那儿，战争、饥饿、瘟疫、无道、压迫，是它的助手。那儿，它让圣洁的宁静在血海中冉冉升起。那儿，它以"贫穷、残酷"的炽热先榨取大地的水分，再创造倾洒甘霖的雨云。那儿，它化装成扶犁人，以锋利的铧犁一次次把人的心田划出千百条垄沟，使之长出硕果累累。

人的痛苦，不仅覆盖着柔软的泪珠，也闪烁着刚毅。人心中的痛苦，如同世界上的利器。它是光，它是热，它是运动，它是生命。它在人类社会中，创造着崭新的劳作的世界和美的世界。

我们不会小看人的这种痛苦。但愿我们不以痛苦来藐视灵魂，而通过受苦理解灵魂的尊严。除了受苦，再没有认识那种尊严的其他方法了。

不是通过安逸，通过享受，而是通过舍弃，通过馈赠，通过修行，通过受苦，我们才能真切地获得灵魂。除了受苦，我们没有别的办法了解自己的力量。我们了解自己的力量越少，理解灵魂的光荣也越少，真正的快乐也越稀少。

在史诗《罗摩衍那》中，诗人①以痛苦使罗摩、悉多、罗什曼那和

---

① 指《罗摩衍那》的作者蚁垤。

婆罗多①臻于崇高。读者在《罗摩衍那》的诗意中看到的盈福的快乐塑像，是由痛苦支托着的。史诗《摩诃婆罗多》也是如此。人类历史上，各种英雄主义和崇高精神，全端坐在痛苦之座上。母爱的价值是痛苦，贞操的价值是痛苦，勇武的价值是痛苦，慈善的价值也是痛苦。

奋斗以痛苦的形式在世界上存在着。我们在身心内外创造的一切，全是一面奋斗一面创造的。我们的一切诞生，全经历阵痛，一切收获全从舍弃之路走来，一切永生全踩着死亡之梯攀登。

皇帝建立帝国，经受巨大痛苦，也享有巨大快乐。爱国者为建国捐躯，是最大的痛苦，也是最大的快乐。学者获得知识，情人追求心上人，也是如此。

但愿贫穷不让我们沦为乞丐，而让我们在崎岖道路上前进；饥饿和瘟疫不把我们摁入死亡，而把我们引进拼搏的生活。

罗摩和悉多

让痛苦成为我们的力量源泉，让悲恸成为我们解脱的动力，让惧怕人世、惧怕王国、惧怕死亡成为我们获胜的缘由吧。

---

① 罗摩、悉多是《罗摩衍那》的男女主人公，罗什曼那、婆罗多是罗摩的兄弟。

痛苦的快乐

人的命运中竟然有那么多莫名的忧戚和悲苦！我们心灵的安恬依赖于大大小小千万种世事！不少痛苦，是我们自找的，并把唯唯诺诺、忍气吞声地承负痛苦，当作应尽的义务。

可是，当收不到家信，担心出了什么意外，或家里哪个人生了病，就找不到哲学观点，来平息心头的焦虑了。这时，连智慧也派不上用场。昨天散步的时候，脑子里萌生了这些不可思议、稀奇古怪的想法，可睿智居然未对此提出抗议，今天想起来既好笑又羞愧。然而，我敢断言：今后类似的情形，必定是今天的翻版。我说过多次，睿智不是人的私藏，它在我们心中至今未被驯化。

每每想起，人生之路如此漫长，布满痛苦的温床，痛苦无从躲避，心中的坚毅，几乎就难以维持下去。多少个黄昏，我独自坐在桌前，注视着油灯的火苗，暗下决心，我要像英雄那样坚强不屈，默默地毫无怨言地承负人生；那样想象着，我的心胸豁然开阔，误认为自己是顶天立地的英雄。

为父守陵的泰戈尔

之后，匆匆赶路，脚心扎了刺，痛得跳将起来，这时对前途便又满怀疑惑，又感到人生之路过于漫长，自己不配在路上跋涉。当然，那种怀疑也许是站不住脚的。事实上，蒺藜扎脚，疼痛是难免的。可心宫里会出现一位精打细算的主妇。她量入为出，从不为鸡毛蒜皮的小事浪费精力。她像一位守财奴，精心收藏全部力量，以便日后慷慨奉献，渡过难关。一有轻微的伤痛就号啕大哭，那也休想得到她的帮助。但一旦痛苦极深，她不会无动于衷，袖手旁观。

所以，生活中经常出现反常现象。小痛苦似乎比大痛苦更让人痛苦，其原因是，巨大的悲痛使心田破裂之处，立即流出慰藉的清泉；心中所有的毅力，耐力和潜力，水乳交融，最大限度地发挥作用——那时依凭痛苦中包含的崇伟，人的忍受力迅速扩大。

人心中既有对幸福的追求，也有作出牺牲的愿望。对幸福的追求实现不了时，牺牲的愿望就强烈起来；有了实现这种愿望的机缘，心中必然涌起豪放的勇气。微小的痛苦面前，我们是无动于衷的懦夫，但巨大的苦难把我们锤炼成英雄，唤醒我们真实的人性，其中蕴含欢乐。"痛苦的欢乐"是多年流传的一句话，它不是玩弄辞藻。而欢乐中的不满足，也是真实的。它的意思不难理解。当我们享受纯粹的欢乐时，我们一半的心灵无所事事，渴望为别人蒙受痛苦，作出牺牲，否则，就会认为自己是庸才。因此，与痛苦交织的欢乐，是恒久的，深广的。惟其如此，我们本性的真正目标才能实现。

我不追求远离红尘的解脱

远离红尘的解脱,我不追求,
重重的束缚中,我照样能够
随时品尝解脱的甜美滋味。
这辽阔平原的泥钵一次次
舀取、倾倒你色泽鲜艳的
芳香的琼浆。你的庙堂里,
用我的亿万灯芯和你的火焰
像点亮华灯那样点燃人寰。
我不赞同关闭人体感官的门户,
进行传统的瑜伽式的苦修。
你所有的欢悦融于景色的旖旎、
浓郁的花香和歌谣的乐趣里。
憧憬的火光中萌生我的解脱,
我的爱情以虔诚的形式结出硕果。

社会中的解脱

对人来说,不仅有自然环境,还有社会环境。需要探讨一下,人与社会的哪种关系是真实的。因为真实的关系能使人在社会中获得解脱。越是给假象以席位,人就越是受到束缚。

我们经常认为也经常说,人囿于社会是出于某种需要。我们走到一起形成群体,有诸多便利。国王为我审判,警察为我站岗,市政委员会为我清扫马路,英国的工业都市曼彻斯特为我提供服装,此外,求知等高尚的目标,也能轻而易举地实现。

如果我们由衷地承认,"人囿于社会是出于某种需要。"这种观点是正确的,那么就可以说,社会是人心的监牢。也应该承认,社会是庞大的机器在运转的工厂——饥火熊熊的需要为工厂供煤。

不幸者在沉重的需求的压力下,为家庭劳累,他无疑是十分可怜的。

看到家庭这牢房似的模样,僧人抗议道:"我岂能受需求的驱使,在社会的'赫林巴里监狱'里终日敲石块,累倒毙命?决不能!我深知我比需求高贵得多。曼彻斯特为我送来服装?有什么必要!我扔下衣服,前往丛林隐居。国内外的商船为我运来食品?没有必要!我在森林里吃水果、根茎。"

然而,即使躲进森林,当需求以各种形式出现,在我们身后穷追不舍时,僧人那番狂妄的话不会给我们脸上增添丝毫光彩。

那么,人世间我们的解脱在哪儿呢?在爱之中!一旦我们省悟:需求并非社会的根基,爱才是它隐秘的至圣乐园,我们就立刻冲破羁绊,兴奋地说:"哦,爱,你拯救了我!我别无所求。"因为爱是我的珍异,不会从外部驱策我，胁迫我。爱若是人类社会的本质，那一定也是我的本质。所以，通过爱，我一瞬间脱离需求的世界，进入自由的欢乐世界，仿佛突然从噩梦中醒来。

以上谈了解脱。再说什么？再说说受缚。

世俗生活中寻求解脱的泰戈尔

获得解脱的爱，急不可待地在自由的领域施展自己的威力。它的事情比以往徒增数倍。它成为世上"贫穷"的奴隶，成为"愚昧无能"的侍者。这就是解脱的结局。

获得解脱的人不再有任何托辞。他不会说："我有办公室，我有顶头上司，外面有人催促我。"不管从哪儿传来呼唤，他都不提出不响应的理由。解脱的责任多么重大！别处哪有这种欢乐般的责任！

如果说人渴望解脱，那是说的假话。人渴望比解脱更多的东西，人渴望受缚。一旦受缚，束缚便无穷尽。他为了受缚而哭着说："哦，至高的爱，你受制于我，我何时受制于你？何时有两种束缚的完满结合？在我孤独、狂妄、傲慢的地方，我是悲伤的失败者。哦，大神，在垂首的受缚中拯救我吧！我仅仅是我，没有更高大的我。我只知道这种虚假的日子里，我一直在迷茫中徘徊。我的财富我的精神负担，压得我奄奄一息。从梦中苏醒我终于明白，你是至美的我，你的力量支托着我的自我，我于是顷刻间获得解脱。"

然而，获得的不光是解脱，随之而来的束缚。在至美的我的面前，摈弃自我的孤傲，这是无穷而完满的束缚的莫大欢乐。

年过半百

今天是我的生日,你们请我出席隆重的庆祝活动——这唤醒了我对远去的往事的回忆。

我已很久未萌生在生日这一天回眸人生的念头了。多少个维沙克月二十五日①逝去了,比起其他日子,它们并未过分地在我面前炫耀自己。

事实上,对我来说,生日这一天丝毫不比一年的其他三百六十四天高贵。倘若它在别人眼里尚有价值,那或许就是它本身的价值了。

年已半百的泰戈尔

人活到一定的年龄,别人便对他不再抱新的希望。那时他在我们面前,仿佛是风中残烛。在那种情状下,他每日虽在我们的生活中出现,但不可能再为他欢庆。因为欢庆是对"新颖"的认知——它是超乎我们的每一天的。欢庆表现人生的诗美,只出现在充满诗情画意的地方。

今天,我从充实的四十九岁跨进了五十岁的门槛。但我想起了以往新鲜的光芒辉映的值得庆祝的生日。

当年,我朝气蓬勃。晨光熹微,亲人们和颜悦色地提醒我:"今天是

---

① 印历维沙克月二十五日,是诗人的生日。

你的生日。"他们也像你们今天这样采摘鲜花，装饰屋子。在亲友们的兴奋和喜悦中，我感受到了生日的特殊价值。

沿着亲友们慈爱的目光之路，当我眺望我的人生时，我人生悠远的未来，在未被发现的奥秘之国，吹响了情笛，使我心驰神荡。事实上，当时人生在我的前面展现——身后只有很短的一段。生活中不熟悉的东西，比熟悉的东西要多得多。将至的未来，在副歌般的、我已消度的几年的基础上，添加着美不可言的乐章。

当时人生之路尚未确定走向。它的岔路伸向不同的方向。我应往哪个方向走，走到哪儿有什么收获，大体上还只是想象。为此，每年生日这一天，怀着对人生无从描述的无限期望，我的心幡然苏醒。

我的人生之河是在左碰右撞的过程中，开辟自己的道路的。雨季，洪水在这条路上暴涨，奔流。夏季的贫乏，在这条路上蹒跚，渐渐萎缩。从此，不需要一次次讨论我的人生，生日不再演奏新的希望之曲，生日之歌不再对我和别人演唱。慢慢地，生日的欢庆之灯也熄灭了。对我和对别人，没有必要再庆祝生日。

今天，当你们举行隆重庆典，请我出席时，我心里开初有些忐忑不安。我想起，我的出生，已失落在半个世纪的边地，那是说不清的陈年旧事——比起生日，死期的黑影离我要近得多。我年已半百，羸弱的生日还值得庆祝吗？

我说过，获得亲人，是人唯一的收获，这种收获是人不懈的追求。婴儿一出生，他的父母和家人，立刻得到一个亲人——从见第一面开始，熟识便是永久性的。片刻之前，他不是家庭成员——一走出无从探知的无始的黑暗，他便轻而易举地进入亲密的熟稔之中；为此，他和家里的其他人，没有必要相互探寻、会见、交流。

只有在获得亲人的地方，才应举行生日庆典。人们装饰房间，吹奏笛子，完美地张扬亲情。在婚礼上，一对新人把陌生的对方当作一生的亲人，所以也要张灯结彩，也要吹奏喜乐。"你是我的亲人。"这句话，人们不能用每日之调说出——其间，需要倾注美的乐曲。

婴儿出生的第一天,他的亲人们以欢快的声调说:"我们得到了你。"年复一年,他们回到这一天,重复着这句话:"我们得到了你。得到你,我们无比幸运。得到你,我们无比快乐。因为你是我们的亲人,得到你,我们更多地赢得了自己。"

今天,你们庆祝我的生日之中,如果也有这样的含义,如果你们把我当作亲人,今天清晨,你们如果也有表达赢得亲人的喜悦的欲望,那么,这样的庆祝才富有成果。

我不能说,人一生只出生一次。如同种子死了,长出了嫩芽,嫩芽死了,长出了大树,人也一次次死去,一次次走进新的人生。

有一天,我出生在我父母的卧室里——没人知道我是从哪儿的奥秘之国显身的。可是人生旅程和显身的游戏,并没有在那间卧室里中止。

离别了那儿充满苦乐和慈爱的氛围,如今,我又诞生在新的生活领域。在父母的卧室里呱呱坠地时,许多陌生人顷刻间成为我永久的亲人。在我祖宅之外另一间屋子里,今日,我又赢得了新生;聚集在这儿的许多人,和我建立了关系。因而才有今天的快乐。

所以,在我五十岁之际,你们重新赢得了我。你们和我的关系,没有衰颓的征兆。置身于你们欢庆之中,身心内外,我体味着再生的新奇。

我成为你们亲人的地方,不是凡世,而是福地。这儿,人与人的关系,不是凡躯之间的关系,而是旨在为民造福的关系。

人是可以再生的;一次是在娘胎里生出,另一次诞生在自由的世界。换句话说,一次是个体的诞生,另一次是在群体中的诞生。

在世上呱呱坠地,意味着肉体诞生的结束。而摆脱私利的桎梏,投身于社会福利事业,意味着人性的形成。在母亲的子宫里,胎儿是中心,整个子宫载负着、培育着胎儿。可是在人间一出生,他那唯一的中心便消失了——这儿他是许多人中间的一分子。在私利之国,我是中心,其他一切是大小不一的圆周——在公益之国,我不是中心,我只是整体的一部分;我的生命融于整体的生命之中,整体的好坏,就是我生命的好坏。

人世间，人体的生活开初是不成熟的。尽管我们出生在自由的天空下，但由于缺少力气，我们不能行动自如；我们被限制在母亲的怀抱和家庭的范围之内。之后，渐渐强壮，练习行走，在大千世界，我们自由的权利不断扩大。

与在外界相似，在我们的内心世界，也有一个再生的过程。当天帝引导我们走出自私的生活，走进为民造福的生活中时，我们还不拥有赢得那种生活权利的足够力量。我们还未克服"胎儿期"的软弱。我们想行走，因为四周是无限扩展的可行走的大地——可我们走不了，我们的力量还没有成熟。这是矛盾状态。我们像婴儿一样行走，一次次摔倒，磕破皮肉；跌倒的次数，多于步数。然而，经历了爬起来又摔倒的尖锐矛盾，在为民造福的领域，我们自由的权利渐渐扩大。

今天我来到你们中间，这儿，不会延长我既往的人生。实际上，突破既往人生的外壳，我在这儿再生了。昔日消泯的生命的节日，在这儿又出现了。用火柴划出的微小火苗，今日变成了华灯长久的熠熠光芒。

为民造福的纽带，把我和你们联结在一起，使我成为你们的亲人，这一点，你们心里很清楚——所以，你们庆祝我的生日，如果确确实实是出于这样的认知，我将感到莫大的荣幸。我觉得，在你们的欢乐之中，我新的人生，富于新的意义。

两种欲望

世界上，只有人说希望是无止境的。别的动物，不会说这种话。所有的生灵，在自然的界限内维持生命，心中的一切愿望，也接受那种界限。

动物的饮食，从不突破本性的需要的界限。它们的需求得到满足，就心满意足了。匮乏得到弥补，它们的欲望随之"冬眠"，之后，不会有第二种欲望来击打、唤醒前一种欲望。

人的性格中可以看到的奇迹是，一种欲望像骑手一样骑在另一种欲望的身上。酒足饭饱，食欲得到满足时，为了强行唤醒食欲，人的另一种欲望，大肆活动。它吃泡菜，或服药，在实际需要之上，驱策着已经疲惫的食欲。

这样做对人是非常有害的。因为，那不是正常欲望。正常欲望很容易在人本性的界限内得到满足。而人的这种不正常欲望，是极不容易满足的。它仿佛总是在说："还要，还要，还要！"

既然对人有害，人为什么还有这种欲望呢？人注视着这种顽固的欲望，想象着世界上有一个恶魔。犹太人的神话故事中，第一对男女住在天国乐园，上帝把他们的欲望限制在本性的界限内，对他们说："你们为此感到满足吧！你们已有生命的王国，不要觊觎知识的王国！"天国乐园里所有的动物，被限制在那种满足的界限之内，唯独人说："除了已获得的一切，我们还要更多的东西。"他朝"更多的东西"迈出一步，进入险象环生的王国。这儿，没有标定正常满足的界限，所以，找不到指点迷津者，告诉你应朝哪个方向走多远。因此，在这个不满足的无路的王国，到处布满死亡的危险。把人快速地拖进这险境的，被人咒骂为撒旦，即恶魔。

然而，气愤也罢，恼怒也罢，我们不承认凡世有什么恶魔。必须承认的是，在一种欲望之上，获取更多的另一种欲望，不是来自外部的敌人的攻击。人称它为仇敌，未尝不可！可这种欲望，是源自人性的欲望。所以，只要人一天不战胜这种欲望，就一天不得安宁，必然举步维艰，四处碰壁，甚至丧命。

在由本性限制的范围之内，让我们这种"获取更多"的欲望骑马疾驰，必然冲到他人头上。我已有一份东西，想得到更多的非分之物，势必染指你的那一份。那时，不是搞阴谋诡计，就是付诸武力。那时，弱者的弄虚作假和强者的暴虐，将导致社会的分崩离析。

这样做将招来破坏，促生罪恶。不过，不产生罪恶，人就看不清道路。想获取更多却不能如愿，不满足把他拖去的地方，如果燃烧罪恶之火，他就会萌生制服这匹"烈马"，返回原地的念头。于是，在人性的领域，他这种折返的努力，会高于其他所有的教育方法，目的就是制伏那获取更多的欲望。是天帝给了人这种坐骑，它把我们带到哪儿，扔在哪儿，无从预测。你应该为它套上笼头，学会驾驭它。但完全停止喂饲料，让它饿死是不行的。因为，获取更多的欲望，确是人合适的坐骑。

满足需求的欲望，是动物的坐骑。缺少它，动物的生活进程，势必停止。这种欲望，是正常生活的基本的欲望，是消除痛苦的欲望。什么地方这种欲望受到阻挠，动物将很痛苦。什么地方实现这种欲望，它们将很幸福。由此可见，动物有苦乐，但没有善恶。

但是，人获取更多的欲望，不是能带来舒适和幸福的欲望，事实上，它是带来痛苦的欲望。人把生命置之度外，为探寻自己的知识、爱情和力量之国的南极和北极，一次次地远征，那不是寻求幸福，不是努力满足当下需求的欲望。

事实上，人拥有的在两个层次上的欲望，一个是满足需求的欲望，另一个是满足非需求的欲望。没有第一种欲望，第二种欲望寸步难行，可没有第二种欲望，第一种欲望照样存在。奇怪的是，在人的心中，第二种欲望如此强大，一旦醒来，竟然彻底粉碎第一种欲望，全然不理会幸福、便利和需要的任何要求，甚至说："我不要幸福，我要的是'更多'，人们所说幸福不是我的幸福，'更多'是我的幸福，繁复是我的幸福。"

通常的幸福，不能理解为繁复。繁复不是幸福，是快乐。快乐与幸福的区别在于，幸福的反面是痛苦，而欢乐的反面却不是痛苦。如同湿婆吞下毒药，"欢乐"平静地忍受着疼痛。"欢乐"甚至通过痛苦使自己获得成功，看到自己的完美。所以"痛苦"的修行，就是"欢乐"的修行。

内心世界和外部世界

我们是人,是在群体中出生的人。我们心怀诸多愿望,想以各种方式与别人相处,与别人进行各种必要的愉快的交流。

我们住在社区,心中的愿望,激励我们从各个方面以各种方法满怀激情与他人接触。我们与多少人会面、谈笑,应邀参加多少活动,多少日子在一起娱乐,真是一言难尽。

社交中我们如此活跃,如此积极,并非出于人与人的天然的爱。社会成员和恋人,不是一码事——在许多时候,我们看到与之相反的情形。常常可以看到,某些热衷于社交的人的心里,没有挚爱和仁慈之情。

社会把我们置于忙碌之中。它制造各种社会对话、社会活动、社会娱乐,吸引我们心中的热情。我们不必考虑,心中的热情被用于哪件事,怎样让心绪平静下来——它自会在社会习俗的人为的渠道中流淌。

铺张浪费的人,不会慷慨解囊为别人排忧解难。有些人最后穷困潦倒——他挥霍是因为不能抑制花钱的欲望。他支付各种开销,欲望得以满足,恣意游乐,洋洋自得。

我们的习俗大量消耗社会的能量,并不是出于对社会各界人士特殊的关爱,而是出于消耗自己的欲望。

具体的活动中,这种欲望是怎样无量地扩张的,审视一下欧洲穷奢极欲者的生活,就一清二楚了。那里,从早到晚,忙得没有空闲——让人情绪激动的活动:狩猎,舞会,体育活动,宴会,赛马,一样接着一样,人们处于疯癫状态。他们的生活,不是沿着一条路,朝着某一个目标前进,而是日复一日,夜复一夜,在疯狂中转圈子。

我们的活力不像他们那么旺盛，所以我们走不了那么远。但我们整天慢吞吞地走在僵化的社会之路上，一味地消耗精力。我们没有办法让心灵自由，让人尽其才。

施舍和花费，有些本质的不同。我们对别人布施，它既是花费，也是善举。可在人群中花钱，它仅是花费而已。由此我们可以看到，我们的内心越来越贫乏，而不能充实。它的活力渐渐减少，随之而来的是疲惫、消沉——为了忘记对自己的贫乏和失意的诅咒，只得不断地制造新的虚伪。一旦停止，就活不下去了。

所以，那些苦行者，那些为获得极终真谛而使出全部精力的人，经常远离城镇村寨，隐居在幽静的深山老林，这是为避免大量精力无谓的浪费。

然而，我们去哪儿找这种幽静的去处和深山的洞穴？那不是总能找到的。况且，离开人群，隐居山林，也不符合人的本性。

其实，这幽静的去处，这深山的洞穴，这绵长的海滩，一直与我们相随——它们就在我们的心田。若不如此，在幽静的去处，在深山的洞穴，在绵长的海滩，我们也不能找到他①。

我们应当设法了解我们内心世界幽静的修道院。我们非常熟悉外部世界，可几乎不在内心世界里徜徉，为此，我们人生的分量，大打折扣。换句话说，在外部世界，我们不停地耗费自己的全部力量，逐渐成了一个空架子。可切断与外界的一切联系，也绝非良策。因为它如同叫一个人远离人群，踽踽独行；或如同不顾病情，只强调治疗。万全之策是，在内心世界也有所建树，实现内心世界与外部世界的平衡。惟其如此，人生才能轻易地摆脱疯狂的挥霍。

我们看到一些沉迷于宗教的人不肯这样做，他们手提着一杆秤，像斤斤计较的吝啬鬼，削减自己的言语、笑声和活力；他们尽量减少自己的付出，认为把自己的人性变得枯瘦、毫无快乐，那才是修成正果的

---

① 指梵天，印度的古圣梵典中，它是极终真理的化身。

标志。

但这样做是不可取的。不管怎么说，人应当完全处于正常状态；挥霍无度，不行，过于吝啬，也不行。

站在这两者之间的路上的办法是：住在外面的城镇村寨，也在内心世界的寂园里，做一个卓有成就的人。外界不是我们唯一的世界，应该一次次通过各种交谈、娱乐和劳作，感受内心世界里我们原初的修道院。通往幽寂的内心世界的路，应当畅通无阻，这样即使在繁重而纷乱的事务中，去一趟那儿，也绝不是难事。

我们的内心世界，在人群拥挤、人声鼎沸的工作领域中，时刻保留的一片净土，并不是虚空，而是充满了仁慈、爱情、欢乐和福祉。只有时时感受着这甘露般深邃的净土，世界才不会危机迭出，物质之毒才不会积储，空气才不会被污染，阳光才不会黯淡，心灵才不会焦躁不安。

泰戈尔散文手迹

百分之九十三的人生

有些富翁的花园面积,比住所大很多。住所是必需的,可花园是锦上添花,没有也可以过日子。

财富中内敛的慷慨,总是通过做一些并非非做不可的事情,昭示自己。山羊不太长的犄角,对它来说大有用处。但我们看到梅花鹿百分之九十三无用的犄角,心舒神爽。孔雀的彩翎,并非只靠艳丽取胜,它无用部分的荣耀,让黄鹂、鹡鸰和百灵鸟的尾巴艳羡不已。

把自己的毕重精力全部用于做应做的事情的人,无疑是楷模。但所幸的是,没有太多的人以他为榜样。假如都跟向他看齐,人类社会就会像一只只有果核没有果肉的水果。确实,不能不称热衷于公益事业的人是俊杰,但人们都喜欢平庸之辈。

因为,平庸之辈可以从各个角度袒露自己。世上总做好事的人,只从益处的狭隘角度,触及我们生活的一小部分。他以公益的神圣高墙圈围自身,只开了一扇门,我们透过门向他伸手,他透过门向我们布施。我们那位平庸之辈,不从事任何事业,所以他四周没有高墙。他不是我们的支柱,仅是我们的伙伴。我们从乐善好施者那儿获得一些东西,与那些平庸之辈一起消受。和我们一起消受的人,是我们的朋友。

托上苍的福,我们大部分人像梅花鹿的长角和孔雀的彩翎,是闲人。我们的大部分人生,不值得写传记。所幸的是,我们大部分人不用拿着募捐簿,眼含泪水,走街串巷地募捐,以便死后请人雕刻自己的石像。

只有极少数人死后永垂不朽,所以这个世界才适合人居住。如果火车全成了专列,普通旅客会落到怎样的境地啊!这个世界是大人物的天下，换句话说，只要他们活着，至少他们的崇拜者和谴责者的心田，不过是一百多人的领地。他们死了，也不放弃地盘。非但不放弃，不少人还利用逝世的机会，扩大自己的权限。我们唯一的安慰是，他们人数极少。否则，在他们的墓地和石碑中间，贫贱者连造一间茅舍的地皮也找不到了。世界非常狭小，生者与生者为土地而争斗。不管是土地上还是在人们心田，为了比其他人多得一点儿权利，多少人弄虚作假，着手做从今世步入来世的准备。生者与生者的争抢，是平等的争抢，可死者与生者的争抢太惨烈了。如今死者超越了一切弱点，超越了一切局限性，徜徉在想象的世界。而我们在凡世的人，受到各种引力和推力的折磨，哪里斗得过他们呢？所以，天帝将大部分死者流放到遗忘之国。在那儿，没人缺少地盘。天帝假如把我们这些渺小的生者送到伟大的死者的领地，弄得我们形容枯槁，萎缩在角落里，那么他又怎能把这大千世界整治得如此美好，如此灿烂！对人来说，人心竟那么值得追求，这到底是什么原因呢？

伦理学家指责我们虚度人生，催促我们说："苏醒吧！建功立业吧！别再浪费时间了！"

毫无疑问，许多人不做事浪费了光阴。但做事浪费了光阴的人，既坏了事也糟蹋了时间。大地在他们脚下索索发抖，为了使无助的世界免受他们拼搏的折磨，天帝大声疾呼："从今往后，克制些吧！"

人生虚度?！就让它虚度吧！大部分人生创造出来，本来就是为虚度的。可这百分之九十三的"无用"人生，证明了天帝的富有。在他的生命宝库里，从来没有贫乏，一生失意的我们，是它的无数证人。看到我们层出不穷的个体，看到我们古怪的多余存在，自然而然会想起天帝才是至尊至荣的。如同竹笛通过笛孔传播乐曲，我们通过占人口总数百分之九十三之多的我们的失败，宣告天帝的光荣。释迦牟尼是为我们脱离红尘的，耶稣是为我们献出生命的，仙人是为了我们进行苦修的，探索者也是为我们夜不成寐的。

人生虚度?！就让它虚度吧！因为，虚度是必然的。必然的虚度也是成功。江河在流动——江河的水,不会全部用于我们的沐浴、饮用和稻田。大部分水仅仅保持着流动。不做别的事情,仅仅维护流动本身就是巨大成就。我们挖河开渠,把水引进池塘,但不饮用。用陶罐汲水,装满水缸,沉淀过的清水才饮用,可上面失去了光影的喜庆。认为善行是唯一成就,是吝啬鬼的观点。把达到目的当作唯一的结局,也是贫乏的体现。

我们是人世之河的流动

我们是占人口总数百分之九十三的凡夫俗子,但不要因此自认为低贱,我们是人世之河的流动。人世间,我们的生命权限隐藏在人心之中。我们绝不会占有什么东西,也不会死死抓住什么东西,飘然而去。潺潺的乐章,由我们奏响,所有的光影在我们上面颤动。我们欢笑,痛哭,爱别人——与朋友做莫明其妙的游戏——与亲人海阔天空地闲聊——与周围的人一起毫无目的地消度白天大部分时间。之后,为儿子举行隆重婚礼,设法让他进办公室上班。我们没有在世上留下什么名声,去世,火化,成为一撮灰——我们是阔大的人世之河中波涛的神奇游戏的一部分。是我们微小的好奇和笑容,使人河闪闪发光;是我们琐碎的交谈和轻微的啜泣,使整个社会呈现热闹景象。

我们所谓的失败,也属于大部分自然景物。大部分太阳光失落在太空中,树上极少的花蕾最后变成果实。不过,它是谁的财富,谁心里清楚。他的花销是不是浪费,不看艺术之神的账本,我们不能作出正确判断。同样,我们大部分人,除了彼此接触,互赠动力,也不做别的事情。为此,只要我们不责怪自己和别人,不焦躁不安,而是面带甜美笑容,唱着欢快的歌儿,坦然地在默默无闻的终结中获得解脱,在那毫无目的生活中，就能恰当地实现人生目标。

天帝即使懊丧地创造了我，那也是我的荣耀。但我倘若在高人名士的督促下认为，我必须行善修德，必须做大事，那么，我只会制造惨痛失败。那是自找的，为此必须反思。不是每个人来到凡生都能为别人造福，所以不能造福也不必感到惭愧。未能成为传教士去"拯救"中国，如果你称狩猎虎豹和参加跑马赌博过日子是人生的失败，那么，比起"拯救"中国，这是刺激性极强的令人兴奋的"失败"。

野草没有全变成水稻。地球上野草比比皆是，相比之下水稻很少。但愿野草不为自己正常的不结稻穗而号啕大哭。希望它想起，它以绿色遮盖了大地干燥的尘土，以永远惬意的清凉减弱了阳光的炽热。也许，在草族中，蒲草曾施出浑身解数，拼命想变成水稻；也许它不愿一直当渺小的野草，为了引起他人的注意，成就自己的人生，心中曾勃发激情，但最终仍未变成水稻。当然，它用锐利的目光时刻盯着他人，不遗尽力做了怎样的努力，它心里一清二楚。总之，可以说，它这种极端妒忌他人的行为，不符合天帝的意愿。比起它来，默默无闻的、清丽的、温和的、不结稻穗的普通野草，更好一些。

简单地说，人分为两类。一类人占百分之九十三，另一类人占百分之七。"百分之九十三"是安分的，"百分之七"是不安分的。"百分之九十三"是多余的，"百分之七"是不可缺少的。空气中流动的可燃氧气数量很少，但安分稳定的氮气数量极大。假如出现相反的情形，世界就要烧成灰了。同样，在人世间，"百分之九十三"什么时候千方百计想变成不安分、不可缺少的"百分之七"，这世界就不太平了；那些命该永垂不朽的人，也得准备死了。

模仿的烦恼

英语中有条成语：滑稽离庄重不远。

在梵文修辞学中，"情趣"这个单词与英语单词"庄重"意思相近。不过，奇异有两种：令人喷饭的奇异和令人叹为观止的奇异。

我在大吉岭游览数日，见识过同时出现的两种"奇异"。一边，是群山之王喜马拉雅山，另一边，是身穿英国服装的孟加拉人。"庄重"和"滑稽"，身子贴着身子。

我从未说过英国服装滑稽可笑，也无意说孟加拉人穿英国服装十分可笑。但只要孟加拉人身穿不伦不类的洋服，不让人觉得可爱，便无疑是可笑的了。关于此事，但愿无人持不同观点。

有些孟加拉人穿的上装与洋人的上装也许是一样的，帽子也是一样的，也许衬衫有硬领，可未系领带，也许是穿了在英国人眼里颜色极为可怕的背心，也许是穿了太不得体的衣服，以至于英国人觉得他们在户外如同光了身子一般。他们为什么让无知把自己打扮得跟小丑一样呢？

假如哪个英国人把孟加拉民族服装穿反了，前摆在后面，后摆在前面，在孟加拉人的住宅区闲逛，他无望得到尊重。同样，我们的孟加拉兄弟穿着怪异的洋服，在群山之王的宫殿上打扮成小丑，花了家里不少钱，却为英国观众提供了笑料！

这些可怜的家伙走不出国门，如何了解英国习俗？从英国归来熟悉英国习俗的孟加拉人，对于同胞乱穿洋服，感到莫大的羞耻。他们以极尖利的口气斥责，你不懂人家的穿着，为什么穿呀！让我们也在英国人面前丢脸！

为什么不穿？你若穿了，觉得比穿民族服装的同胞高人一等，何等

"荣耀"！你若认定，民族服装应当抛弃，应当身穿洋服，别人起哄反对，那就是无理取闹！

你也许会说，你想穿洋服就穿吧。可先得弄清楚，怎样穿是文雅的，怎样穿是不文雅的，怎样穿是得体的，怎样穿是难看的。

然而，这很难做到！有些人没有机会进入英国社会，亲友全是孟加拉人，如何熟悉英国人的风俗！

有些阔佬闭着双眼拜倒在公爵贵族的脚下，挥笔开出一张张支票，在心里宽慰自己，不管怎么说，别人见了我，至少会想我是高贵的洋人，没人嘲讽我是对英国风俗一无所知的白痴。

但是，百分之九十以上的孟加拉人囊中羞涩，月光是他们身上最华丽的服装，所以他们胡乱着装势在必行。在这种情形下，身着异国服装，大部分人免不了出洋相。

为何这样作践自己的民族？为何非做引诱国人成为耻笑对象的事不可？在特殊情况下，两三只乌鸦可以在自己尾巴上插几根孔雀的彩翎，可其余的乌鸦只能望洋兴叹，因为它们进不了孔雀的社会。此时此地，为了使整个乌鸦家族免受嘲笑，那几只爱伪装的乌鸦，应当抑制对彩翎的贪欲。否则，插上人家的羽毛招摇过市的闹剧，就会到处上演。

我们可不可恳求富裕的模仿者设法让本民族免受耻笑，摆脱洋化的丑态？因为只有他们拥有实力，其余的人全都心有余而力不足。甚至在某些情况下，连他们的儿孙也一筹莫展。当他们像被社会抛弃的渣滓，蜷缩在崇洋媚外的堕落的地狱里的胡同里时，难道追慕爵位的鬼魂心中将感到宽慰？

穷人模仿不出他人的高雅姿态。模仿需要许多化妆品，要从外国进口。想模仿谁，就得经常同他接触，对穷人来说，这是最难做到的。在这种情况下模仿，就会偏离常规，成为一件怪事。孟加拉人穿短围裤，不难看，但穿短小的灯笼裤，就让人觉得可笑。因为，穿短小的灯笼裤，不仅本身说明穷困潦倒，而且，费力穿上装成洋人，神气活现，只会与"贫穷"形成了刺目的反差。

风俗、服饰好像植物，将它连根拔起，就会枯死、腐烂、湮灭。这儿哪有英国服装、习俗的土壤？它从哪儿汲取习惯了的营养，从而长得茂盛？个别人可以采用人为的方法，花钱进口泥土，日夜精心培植，勉强使它长直。但那毕竟是几个人的时髦行径！

为何非把不能长得茂盛的植物搬到家里，让它腐烂、死亡？这样毁了别人的东西，又浪费自己的精力。我们如今确实在印度见到这种害人害己的蠢事。

那么，难道永不发生变化？原有的一切永远原封不动？

带来变化的，是现实需要，而不是模仿。因为，模仿大部分时候与需求背道而驰，它不利于安宁、幸福和健康，它与周围环境不协调。

所以乘火车旅游，走出家门去上班，或者去满足新的需要，不妨做一身利索的衣服。请记住，这儿是你的国家，是你熟悉的环境，关注你的身前身后，恰当地着装。切不可跟傻瓜似的，追逐完全悖违历史、悖违情调、悖违和谐的模仿。

破旧立新，这没有错。在需求的呼吁下，每个民族时刻都在破旧立新。但在这个领域，不允许打起着需求的招牌，彻头彻尾地模仿。需求的招牌，其实是借口。因为任何时候，彻头彻尾的模仿不可能尽善尽美。也许它的一部分有用，可另一部分是赘疣。跑步穿外国夹克衫，可能是需要的，可穿一身笔挺的西服，就很不方便，还会捂出一身臭汗。外国礼帽轻轻一扣便戴在头上，可穿硬领衬衫，打领带，就会浪费一些宝贵时间。

在无法破旧立新，或无力破旧立新的地方，模仿情有可原。但这个观点不适用于服装。

因为，服装不仅仅满足遮盖裸体的需要，它也与人是否文雅有关，它反映本国人和外国人、本民族人和异族人的身份。英国服装的雅致，英国人自己知晓。大部分印度绅士，是不可能谙知的。如去了解，总是惴惴不安地察看别人的脸色。

此外，这还涉及不同的民族。可能有人会说，为了掩盖本人的身份，穿洋服是必要的。

对说这种话脸不红的人，谈羞耻如同对牛弹琴。乔装打扮成洋人，到别人家中做客，可能受到款待。然而，稍有骨气和文明知识的人，蔑视那样的款待。火车站的英籍门卫，误认为你是洋人兄弟，给予特殊照顾。那种被人另眼相看的欲念，最好还是克制一下。有些铁路线上，印度旅客和英国旅客，分坐在不同的车厢。有些旅馆不许印度人入住。为此，大发雷霆，好半天心中愤愤不平，那无济于事，你还得忍着点儿。而伪造身世，进入洋人的车厢和只许洋人住的旅馆，就能提高身价，恐怕是痴心妄想。

变化到了怎样的程度，便进入模仿的范畴，这很难界定，很难说清楚。不过，可以谈谈一般标准。

汲取的部分，与原有的部分并非格格不入，这叫做借鉴；汲取的部分，与原先的部分不和谐，这叫做模仿。

穿了袜子，制服就不一定非穿不可，而穿了围裤，可考虑再穿袜子，但穿西服上装再穿围裤，或穿印式制服再戴顶洋帽子，就是土不土洋不洋的了。

一味崇洋媚外、追求享乐的人，割断与自己社会的联系。他们儿孙心中对他们没有一丝感激之情，是必然的结果。意志薄弱、跟在他们屁股后面跑的人，毫无疑问，也是一块块笑料。

对于以耻为荣的人，朋友的责任，是及时对他们提出忠告。那些自认为在模仿老爷，洋洋得意的人，其实是在模仿老爷的派头。模仿老爷的派头，是件易事，因为那是僵死的外表；模仿老爷，则相当困难，因为那涉及内在的秉性。如果谁有能力模仿老爷，他决不会去模仿老爷派头。所以，谁如果塑造湿婆①，由于泥土的质量，塑造成了别的什么，他最好不要气得乱蹦乱跳。

---

① 印度神话中的毁灭大神。

奢侈的绞索

为了享乐,英国人现在花钱比过去多得多,英国的报刊上就此展开了讨论。许多英国人说,如今,他们的工资和收入增加了,可生活却比以前困难。这是因为他们过分追求奢华,他们的享受欲望膨胀了。

光是在英国和威尔斯,每年有三十多万人因还不了债而被告上法庭。大部分债务,是追求奢侈造成的。低收入的人,在服装和化妆方面的开销,也比过去增加许多。尤其是一些妇女,爱穿名牌服装,欠了一屁股债,弄得全家入不敷出。在商店里当售货员的女人,假日里打扮得花枝招展,别人误认为她们是名媛贵妇,这样的例子,不胜枚举。拥有大片庄园的公爵,收入丰厚,经常大摆宴席,招待贵客,花钱如流水,不知不觉手头也拮据了。收入微薄的人,处境就更不用说了。见此情形,有些人不愿结婚,带来种种恶果。

这种贪图享受、摆阔的浪潮,也已席卷印度大地,这是无人不知无人不晓的事实。可是印度的财源之路远比英国狭窄。印度列入计划的发展项目,因资金短缺,目前大都处于停顿状态。

摆阔的一个目的,是想听别人的喝彩。我不认为从前想听喝彩的欲望,比现在衰弱。过去人们功成名就的愿望,无疑和现在一样强烈。不过,区别在于,过去的成名之路朝一个方向,而当下则朝另一个方向。

以前,乡绅富翁依凭施舍、赞助社会活动和祭祀仪式、出钱建造公共设施,博取名声。据说对名望的追求,促使许多有钱人,超财力地参与社会福利事业,最后倾家荡产。

然而,应该承认,只要摆排场的倾向,不朝纸醉金迷的方向发展,一般不至于无法遏制,也不会在老百姓中不断提高享受的标准,造成奢侈的瘟疫，蔓延开来。你想想看，富翁家中，每日招待客人，招待的费用不管多么高，客人享用饭菜，绝非奢侈的演练。举行结婚仪式，不会撵赶不请自来的客人。包括祭祀在内一系列活动，虽然规模很大，却相当简朴，这不会鼓励老百姓去摆阔显富。

现今个人享受的标准日益提高，喝彩的潮流于是转向，朝它奔来。人们热衷于以精美的食品、高级服装、豪宅、高档家具显示他们的荣华富贵。富翁们互相攀比，排场越摆越大，使并不富裕的人竞相仿效。稍作分析就明白，这给印度带来多大的灾难。印度的社会结构至今没有变化，依然保持着密切的人际关系。远亲、近亲、亲属、仆人、邻居，印度社会均不拒之门外。所以搞大型的社会活动，只能简朴一些。否则，一般人无力举办。前面已经讲过，印度的社会活动，简朴和规模一向是统一的。可现在老百姓的标准提高了，而社会并未相应地缩小，所以普通人举办社会活动，往往力不从心。

我一位熟人，月薪只有三十卢比。他父亲去世，比起丧父的悲恸，操办丧事的忧愁，折磨得他更厉害。我问他："你为什么不根据你的收入和实力，操办丧事呢？"他回答说，他没有别的办法，红白喜事嘛，不请村里的人和亲戚吃一顿，人家会戳他的脊梁骨。社会对这位穷人的要求，一如既往，可社会的饥饿之口张得更大了。过去让普通人满意的消费水平，如今行不通了。有权有势的富人，可以蔑视社会。他们搬进城里，举行社会活动只请亲戚朋友。但家境不殷实的人，走投无路。

我们在比尔普姆县曾走访一家农户。主人请我为他的儿子找一份差事，我对他说："你干吗不让儿子种地，要让他到别人手下当差呢？"他回答说："老爷，俺过去种地，日子过得很快活。如今光种地日子过不下去了。"我又问："说说看，到底是什么原因哩？"他回答说："庄稼人的胃口也高了呀，以往家里来了客人，用米糕、粗糖招待，他挺满意，可如今吃不到奶油做的甜食，尽说难听的话。以往过冬，俺穿件夹袄，可如今儿子穿不上英国夹克，脸立马阴沉下来。俺不穿鞋也去过丈人家，可如今儿子不穿英国皮鞋，人前抬不起头那。所以，种地的光种地日子过不下去了。"

也许有人会说,这是吉兆,穷则思变嘛,这将激发他全部的潜能。有人甚至会说,人际关系过于密切的社会,扼杀人性。匮乏的重负,将压碎社会的关系网,让人获得自由。这是国家之大幸。

这种争议的结论,是不易作出的。在欧洲,以对享受的渴求,打击大部分人,把一些人抬上权力的宝座。而印度教的法则,迫使一些人为大部分人作出牺牲,让社会掌握权力。这两种方法,各有利弊。如能证明欧洲的方法,是唯一的上策,那就无话可说了。可关注一下欧洲思想家的言论,就会知道,他们对此也有分歧。

综上所述,印度教社会躯体的关节,一旦松脱,必然的结果是:几千年来,躲过无数狂风暴雨,印度民族居住的坚固大厦,立刻倾塌。在它的旧址,造不出新的建筑,即使硬建起来,我们也不知道能给我们怎样的庇护。我们不能无动于衷地看着这块土地上我们拥有的一切统统泯灭。

眼下每个人对金钱都极为关心。于是,印度社会中出现了庸俗的不良风气:承认没有钱成了最羞耻的一件事,拜金主义日益严重,当官的滥用职权,人人试图证明自己腰缠万贯。"商贾"称王称霸,让我们见识了金钱奴役下的精神贫乏。

印度的老爷们比阔气讲排场,越演越烈,这给印度人带来的痛苦,无穷无尽。请看一个例子。一方面,按照印度的习俗,女儿到了一定的年龄,父母就得把她嫁出去。可另一方面,女儿出嫁已不像过去是件轻松的事。年轻的小伙子,惧怕挑起家庭的重担。于是,把女儿嫁出去,就得用彩礼安抚男方,是不足为奇的。按照目前的生活水平,送彩礼花的钱多了,这也没有什么奇怪的。目前不少人撰写文章,抨击妆奁制度。毋庸置疑,妆奁制度给孟加拉家庭造成的苦厄在急剧增加。为女儿出嫁不发愁的父亲,如今在孟加拉恐怕是极少数了。然而,这种陋习只能归咎于现实社会,而不应归咎于个人。

一方面,消费水平一天天提高,家庭生活开销增多,可另一方面女儿到了出嫁年龄就得嫁出去，水涨船高，男方的身价自然随之飙升。这种令人感到耻辱和难堪的陋习，在世界上大概绝无仅有。生活中最密切的关系的形成，一开始就是一场交易；某些人早晚要成为我的亲戚，可首先必须不知羞耻地无情地同他们就亲情之权讨价还价，这是一种难以忍受的低级趣味。家庭是印度社会的基础，假如我们不简化家庭生活，创造安适的家庭环境；不以自我牺牲使之纯洁，那么即使找到千百条挣钱之路，我们也不能挣脱困厄。

热衷于铺张浪费和享受的人，几乎都不幸福，心情都不舒畅。他们中许多人，或经济拮据，或负债累累，或为从债主手中赎回祖上的财产，耗尽一生的心血。女儿出嫁，把儿子抚养成人，维护门楣的荣耀，对他们来说是一道道难迈的坎儿。

原先分散在全国各地用于消除各种匮乏的资金，如今集中在几个地方，正创造繁荣景象——这种论调，是不可信的。欺骗全身，让血液只在脸部流动，这无论如何算不上健康。让国家的宗教发祥地，先人的诞生之地，友人相聚之地，一天天萎缩，只让消费之地扩张，从外部看，国家似乎越来越繁荣昌盛。这种外表华丽的灾难，对我们来说是非常可怕的。

财富具有造福的能力，但奢华不是财富。

远离奢华

世俗生活中,心灵过度的满足,不会给人带来好处。那种情形下,浪费大量物质,只有少量欢愉,时间在张罗中消耗,几乎没有享受的机会。

泰戈尔简朴的住所——黑牛斋

但过一种苦修般的生活,就能发现,些许欢愉无异于极大的欢愉,并非只有欢愉使人感到幸福。要想使心灵的视觉、触觉、听觉和思维的能力,处于活跃敏锐的状态,要想使充分接受一切可得之物的能力常年健旺,就应该强迫自己远离奢华。我一直记着歌德的一句话,这句话听起来简单,但意味深长:你应与淡泊相伴。

不独心灵的过度享受,外界的奢侈品、灯红酒绿,也令我们麻木;外界的奢侈品稀少时,方能找回高洁的自我。

耳聋的安逸

才华横溢、盖世无双的美男子乔治·埃里亚德在他的一部长篇小说中写道：我们一生目睹许多痛苦的小事，可小事的原委，如此普通，如此细微，不足以引起我们的怜悯。否则，人生将不堪忍受！

如果我们听见松鼠的心跳，听见一棵小草的嫩芽穿透泥土生长的声音，我们的耳朵将落到多么悲惨的田地！

如同我们看见扩展到地平线的大海，可地平线不是大海的界线，越过地平线，前面还是大海，我们所说的"沉寂"的地平线的前面，仍是声音之海，只是我们听不见罢了。

蚂蚁爬行，也有跫音；露水从花朵坠落，它不啻是无声的泪水，它一边坠落一边大放悲声。

且把乔治·埃里亚德对身外之物所作的描述，挪用到人身上。

想象一下，我们听见了、看见了我们心脏里的运动，我们将陷入怎样的窘境！乔治·埃里亚德把松鼠的心跳和小草的嫩芽生长的声音，作为例子叙述。而我们每时每刻听见最轻微的脉搏声、呼吸声、血液流动的声音、指甲和发丝生长的声音，以及随着年龄增长身体长高的声音，我们将陷于怎样的苦况？

我们敞开胸怀放声大笑时，如果听见极为隐蔽地坐在我们心底的"忧愁和匮乏"唉声叹气，笑声还能迸发吗？

当我们慷慨施舍，想着"无私地为他人行善"，心里感到无比快乐时，如果在为他人做好事的愿望的深处，窥见沽名钓誉或者一个渺小的"自私"的丑脸，我们还能感受到纯洁的快乐吗？

让我们扩展话题！

如同我们身边有沉寂了的声音,我们也有忘却了的记忆。

但凡我们看见一次和听见一次的,均在我们心里留下永久的痕迹。有的清晰,有的模糊,有的模糊得看不见听不见了。但确实存在。

我们清点记忆库里的一切,不胜惊讶!

我们站在路边,看见成千上万的陌生人来来往往,他们的模样全储存在我们的心里。如果接连多次看见他们,他们就会在我们的记忆中留下清晰的容貌。

同样,我们从孩提时起,凡是看见的,凡是听见的,凡是读过的,全部留在心里,一样也丢不了。

从儿时到现在,我们阅读了千千万万页的大量书籍,虽然每篇文章背不出来,可我们心中的印刷技师,把文章的每个字母印在了我们的记忆之版上。想着那密密麻麻的字母,不由得瞠目结舌。

印度发行的泰戈尔纪念邮票

如果我们听见极其庞大的记忆库里全部清晰和隐约的声音,无法阻遏声音的传送,我们还不疯了?

万幸的是,我们的记忆尚未开始用一千张嘴说话,也未展示千万张生活之画,所以,我们平安地活着。

我们看不见心房里所有的活动,因而免受煎熬。

我们心灵王国许多宽广的领地,假如不是未被发现;何时情爱初萌,何时情爱开始趋于枯竭,何时开始心灰意冷,何时萌生第一丛忧愁之芽,假如我们全看得清清楚楚,我们的痴迷和幻想大都就会破灭,而与此同时,我们的安宁也将消失殆尽。

仁慈的食肉者

需要探讨一下孟加拉人吃肉的几条理由。

孟加拉人说，我对世界的爱，我对万物的仁慈，是如此炽热，因而把食肉当作一种责任。

印度古代一位哲学家说过，把我们凌散的不完善的个体，融入完美的灵魂之中，是修行的正果。

在较为完美的生物之中，不完美的生物的涅槃、解脱，是否值得祈求呢？

对于牲畜来说，最大的幸运，莫过于转化为人。

一头牲畜能弥补人的生命力的匮乏，它进入人体，融于人体，能够制造人的血液、肌肉、骨骼、骨髓，培植人的体力、健康和幸福。这难道是它一般的幸运吗？

首先，它赢得了做梦也想不到的完美。其次，它使称为人的高级动物更臻于完美。

在山羊中间，难道至今没有诞生这样的"哲学家"？——他晃动着长胡子，对他年幼的弟子们作关于涅槃、解脱的合乎语法的训诫！

唔——假如降生了这种有爱心的山羊的"哲学家"，我会把我的地址寄给他，同时写信说，在知识的阳光照耀的山羊中间，谁期望解脱，就按照地址来找人，心地善良的作家先生，为了让他获得解脱，已作了捆绑他的准备。

为牲畜行善虽说要花钱，慈悲为怀的人仍把食肉视为尽责。

印度为数不少的学者认为，印度人转世投胎为英国人，即人化为土、气、光、水、空这五大元素，消融在英国人之中，乃一大幸事。

仁慈的食肉者

一位著名的英国诗人说，我们吃愚蠢的动物的肉，如山羊、绵羊和黄牛的肉。没有必要举太多的例子——穆斯林"吃"过我们，英国人正在"吃"我们。

如果证据确凿，我们确实吃愚蠢的动物的肉，那就得了解一下——愚蠢的动物吃什么。它们吃植物。所以，大凡吃植物的，是笨蛋。唉，枝叶花果草茎非吃不可么？

我们称愚蠢的人为笨驴、笨牛、笨羊或笨象。从不称他们为笨猫、笨熊、笨狮子或笨虎。

食草者的名字被搞臭了，虽然它们身上闪现足够的智慧的迹象，它们的坏名声仍无从改变。

另外，称某人为"猴子"，人们为何觉得，这也是把他喻为傻瓜呢？人并未感到，在动物们中间，猴子特别缺少智慧。它唯一的罪过，是这个可怜的家伙，也食用植物。实际上，何苦无端地让它头顶傻瓜的坏名声呢？

这让人想到另外一件事——"英国猛兽"得意地消化着吞进肚里的"食用植物的印度"；可它盲目相信消化器官的能力，吞咽阿富汗"食肉的坎达哈"，便消化不了了，肚子里难受得要命。它的肚子看来也消受不了"食肉的祖鲁人的故土和特郎斯巴勒"，强咽下去，全身乏力，患了便秘症。

由此可见，如有避开食肉动物的贪婪的愿望，自己就应成为食肉者。否则，牺牲自我，制造别人体内的鲜血，就是我们"圆满的功果"。

反对食肉一条理由，是印度古圣梵典中说肉是不圣洁的。但它是一句空话。古圣梵典中也说过，大千世界是用肉塑造的。我们住在肉堆上面。在用肉塑造的世界上，胜利属于肉。

零

世上一些人离群索居时,一个个微不足道,就像一个"零(0)"。但是,与1相加,就成为10。有了栖身之所,他们就能大显身手!

人世间,有千千万万个"零",大家看不起这些可怜的家伙。唯一的原因,是他们来到人世,找不到合适的"1",因此,他们的存在如同虚影。

这些零们的一大缺点是,虽说它们坐在"1"的后面,能让"1"变成"10",但坐在"1"的前面,按照十进法,就让"1"成为百分之一(·01)。换句话说,它们让别人使唤,确能做成大事,但它们支使别人,就把事情搞得一团糟。

这些零们是训练有素的士兵,能让尸位素餐的司令大获全胜。这些零们又是瞎指挥的司令,让手下英勇善战的士兵战败溃退。

对妻室的地位一无所知的顽固派说,女人就是这种"零"。只要不和"1"结合,一生只是"零"。可按照法规与"1"结合,就能让"1"结实强壮,承担"10"的重任。但是这些零们爬过去坐在"1"的前面,就让可怜的"1"变成百分之一。怕老婆的男人的绰号,就是百分之一。

然而,他们的高见,敝人未敢苟同。

惧　内

每每看见女人发火，就觉得应该搞清楚何谓惧内。

许多人把"惧内"这个词挂在嘴边，可真正懂得这个词的意思的人，屈指可数。

一般人称宠爱妻子的丈夫为惧内的男人。

但实际上谁惧内呢？

不能为妻子提供居室的男人；依赖妻子的男人；身体结壮、却让体弱的女人搀扶的男人；倒在地上拽着妻子站起来的男人；寿终正寝强迫妻子殉葬的男人；发财时把妻子抛在脑后、遇到危险时把妻子当盾牌的男子，一句话，搅乱了家庭规则的男人，才是货真价实的惧内的男人。

英国的"惧内"，恰恰相反。

英国男人拉着妻子的手上车，为妻子喂饭，为妻子打伞。

英国男人认为女人异常柔弱，事事给予帮助。

看见他们这样做，其他民族惧内的男子用手绢捂着嘴窃笑，不屑地说："英国人太怕老婆了！天气闷热，照说应由妻子通宵为丈夫扇风，可是不，英国男人为妻子扇风。只要健壮的男人没有吃饱喝足、心满意足，纤弱的女人照说应不吃不喝，可是不，健壮的男人却为纤弱的女人喂饭！呸，不知羞耻！长此下去，岂不是空有一副强壮的身子骨儿！"

人类对动物的残忍

"贝"昨天寄来了他写的文章《爱护动物》。今天上午，我阅读、修改了这篇文章。

昨天，我坐在船舱口，望着外面的河水，忽然发现，一只水禽拼命朝对岸游去，它后面紧跟着"抓住它、打死它"的叫嚷声。定睛一看，原来是一只母鸡。在将死之时，它猛地窜出厨师的船，纵入河水，夺路而去。快游到岸边时，阎罗般的厨师一把掐住他的脖子，抓回船上。

我把厨师法迪克叫来，告诉他今天不用为我做荤菜了。恰恰那个时刻，"贝"的大作《爱护动物》送来了，这样的巧合，使我略感惊讶。

其实，我并无吃肉的嗜好。我们从未细想，我们做着多么残酷多么不仁义的事情，因而坦然地大块吃肉。世界上许多事带来了污秽，这是人一手造成的。这种事究竟对不对，它取决于国民的习惯、风俗、传统和社会法则。但是残酷与之迥然不同，它是原始的罪恶；它既不允许争论，也不允许犹豫。

如果我们的心没有麻木不仁，如果我们没有闭上双眼捂住心灵的眼睛，我们就可以清楚地听见对残酷宣布的禁令。然而，我们聚在一起，说说笑笑，快快活活，处之泰然地做着这种残酷的事；谁要是不做，反倒觉得他太古怪了。

泰戈尔巡游时乘坐的船

人类对动物的残忍

对于善德、罪恶，人类有着一种世俗的荒谬的见解。依我看，一切宗教中至上的宗教，是对生灵的怜悯。爱是一切宗教的基石。前几天，我读的一份报纸上说，花五万英镑买的一批肉，从英国本土运到非洲的一个军事基地。由于肉已变质，这批肉又退了回去，在英国朴茨茅斯港仅以五六百卢比的价钱拍卖了。仔细想想，这是生灵之生命的多么可怕的浪费！这些生灵太廉价了！

我们举行一次盛大的宴会，多少动物作出牺牲，成为盘中餐！也许绝大部分又送回厨房，贵宾不曾夹一块肉，放到自己的盘子里。

只要我们浑浑噩噩地过日子，不自觉地做残暴的事情，没有人会怪罪我们。但我们心生仁慈，可又扼杀仁慈，与其他人一起残杀生灵，那实在是凌辱自己的良知了。鉴于这种认识，我要开始吃素了。

我有了一位隐居生活的"好朋友"。我从洛肯那儿借了一本《阿米勒的日记》，一有空闲，就拿出来翻翻；我觉得阅读时我与他面对面地聊天，极少的书本中能找到如此亲密的朋友。大量著作的水平高于这本书，这本书可能有许多不足之处，但它是我最中意的一本。有些书常常是碰一下，就撂在一边了，看哪一本也感到索然无味，这好像生了病好几天躺在床上，浑身不得劲儿，转辗反侧。一会儿枕头上加个枕头，一会儿又把枕头拿下来。可在那种精神状态下，翻开阿米勒写的书，脑袋就好像枕到最合适的位置上，全身舒坦。

我最亲密的朋友阿米勒在他书中的一节里详尽地描写了人类对动物的残忍。我把这一节加进了"贝"的文章。梵文作品《迦达摩波利》中有关狩猎的章节，我已叫"贝"译成孟加拉语。鸟禽在许多方面和人类相像，在某一点上甚至和我们毫无区别，《迦达摩波利》的作者潘伐笃以他仁爱的想象力感受到了，并以华丽的辞藻把它表现了出来。

印度的婚姻制度

从欧洲寄来的一封信,要我谈谈对印度婚姻制度的看法。读完信,我首先想到的,是欧洲和印度在婚姻制度上的差别。这种差别,表现在婚姻的外在形式和内在动机上。

印度社会走到今天并非一蹴而就,而是通过不断改善环境,逐步进入目前的状态的。与此同时,古时的许多遗物,留给了后代。所以,摩奴①在其论著中,不得不承认不同的结婚方式。例如,坎达波,即男女两方自愿结合的结婚方式;罗卡什,即抢亲的结婚方式;阿苏尔,即以妆奁换姑娘的结婚方式;帕伊萨贾,即趁女方熟睡或喝醉了酒时强行与其同房的结婚方式。这几种结婚方式,反映的是个人欲望,而不是社会意志。不管是凭膂力、金钱,还是玩弄花招,强行娶亲,都是狂傲地把意志强加于人。可真正的爱情,拒绝服从他人的意志。摩奴记录了这些婚俗,同时也给予谴责。

摩奴把男女双方的自愿结合叫作"坎达波",他称之为欲望的产物,以此表示他并不赞同。由情欲之灯照耀的这种结婚方式,目的不是为社会谋利,而是满足情欲。众所周知,即使在个人承担的社会义务较轻的欧洲,情欲冲动诱发的做爱,时常造成不利于社会的麻烦。但那儿的社会是活跃的,那种影响远不如在印度这样深广。

在印度的法典中,把符合《梵经》的结婚方式奉为楷模。按照法典,姑娘应该嫁给对女方不提出任何要求的男人。如果从社会的立场出发,把婚姻制度规定得死死的,那就没有考虑个人愿望的余地了。那样

---

① 印度《摩奴法典》的制定者。

印度的婚姻制度

的话,欧洲王室中通行的婚姻制度,也就和印度教社会盛行的婚姻制度一模一样了。

优生学是现代欧洲的特色之一,欧洲人更好地理解印度婚姻制度的精神支柱的另一个办法,是对照有关优生学的观点。

按照优生学理论,个人的选择取向,应不折不扣地服从生儿育女的要求。有关的原则一旦被认可,婚姻的需求,就必须摆脱心灵的控制,囚禁于理性的樊篱。否则,难以解决的问题将层出不穷,爱欲与男女结合的后果毫不相干,也不忍受外部的执法者的干预。

从迦梨陀娑①的著作可以清楚地看到,迦梨陀娑的心里,对敷衍有关法则的行为,是反对的。诗人敏锐地感到了优生学中的限制的价值;优生学中的限制,有利于保持纯粹的种族观念。可在丰富多彩的世俗生活中,他的心魂仍不能不被男女自然流露的情爱所打动。迦梨陀娑的大部分名作中,充斥这些矛盾的观点的冲突。

印度人的婚礼

在景色优美的净修林里,置身于青藤虬绕的花树之中,沙恭达罗的胴体和芳心绽放的青春之花,轻轻摇曳,花姿令人心迷神醉。隐秘的树丛间,自然女神向凡人频频招手。但社会不曾发现回应她纤手召唤的孔隙。在这样的氛围中,沙恭达罗与豆扇陀国王的结合,与净修林外的社会,是不协调的。基于这个原因,在诗人看来,沙恭达罗在神思恍惚的状态中,未尽款待行脚僧的责任,势必受到诅咒。当自然女神专注于某个特殊目标时,沙恭达罗也把世俗义务一股脑地抛到脑后,所以社会惩罚了

---

① 印度古代梵语诗人和剧作家,其创作的《沙恭达罗》在印度家喻户晓。

她。在国王的宫殿上，遭拒绝和侮辱的霹雳落到了她头上。

在第七幕中，豆扇陀国王与沙恭达罗在净修林中团圆。诗人描绘了由苦行换到的纯洁场面，处处透现着修行的艰辛，使周遭自然界的生命游戏黯然失色。

在序幕中，仙人阐述了贞妇之道。沙恭达罗可视为献身的母亲的楷模。显然，诗人的目的，是勾勒男女关系的两幅画。一幅是节制欲望之画，另一幅是背离正道之画。两幅画形成鲜明的对比。

只把母性与传宗接代的生理本性相提并论，人与低等动物，在本质上就没有区别。这时母性只起到生物的作用，而未起到社会生活中的作用。它被人性的本能控制，而未被人的创造力所驾驭。但是，母亲为人类进步而自觉奋斗，让她的天然本性严格服从心灵和灵魂的指令，她的创造力就能真正有所作为。

当外部的强大势力，蛮横地为坚信双方的爱情是婚姻基础的男女乱点鸳鸯谱的时候，从步入花烛洞房那一刻起，夫妻关系就不圣洁了。事实上，没有比这更难以忍受的屈辱了。然而，在整个文明世界，某些男人为未来的儿女着想，违心地接受现实。迄今为止，没有一个社会声称它已经完美无缺地解决了这道难题。

在跨进婚姻的门槛之际，我们都犹豫地进行冒险。一切听天由命——或许在婚姻之河中沉没，或许能游到幸福的彼岸。

"意愿"对印度解决婚姻问题的办法宣战，它是人的本性的最强悍的斗士之一。当然，解决这个问题绝非易事。印度过去说过，在人的特殊年龄段，两性的相互吸引，达到巅峰。如果按照社会的意志，规范婚姻，那么在那个年龄段之前就应该完婚，这就是印度的早婚习俗形成的原委。

在印度社会，贞妇受到赞美，被誉为理想的妻室，是受人尊敬的女人的楷模，是家庭主妇美德的化身。她们在印度绝不是寥寥数人。有一种观点是：对男女两方而言，要以婚后培养的夫妻情爱，取代性爱的自然勃发。可是必须承认，女人天生容易动情，女人很容易把婚姻生活理想化，男人则不然。同时也必须承认，男人不像女人那样受到严厉的约束和限制。

所以，观照印度的婚姻制度，我们不得不承认这样的事实：男人和女人不是站在平等的基石之上的。这种不平等，完全置女人于屈辱的地位。然而，对于妻子来说，丈夫是矗立着的理想。她不会向其他男人的凶残投降，而自觉自愿投身于为自己的"理想"的服务之中。只要丈夫是一个具有敏锐的灵魂的人，理想的爱情的火焰，就将照亮他们的生活。我们中的许多人，是这种爱情之火相互辉映的目击者。

造化在男女之间设置了隔离之海，在这样的环境中，保存着两性互相强烈吸引的丰富多彩的游戏。男女之间的引力，既有创造性，也有破坏性。它在面幕后面，为我们的灵魂喃喃诵读醒悟的神咒。

在孟加拉语中，我们称女人对男人的影响力为"萨格迪"。失去"萨格迪"，社会的创造力必将衰竭，男人意志消沉，在日常生活中变得木讷。在此情形下，男人保持着一些无所作为的特征，魅力和才气将离他而去。

最后，让我作为一个印度人，在这次有关婚姻问题的讨论中，归纳一下我的观点。

在人类世界，有两种平行的活动。一种活动促使人口之河向前流淌。另一种是人类的文明创造。前者主要属于生命的王国。后者属于精神王国。在人类繁衍方面，男人是必不可少的，但却是第二位的。在他唤醒女人珍藏的被动的生命种子，使之进入活跃的状态之后，怀孕的辛苦和分娩的痛苦，全由女人忍受。

但是，精神贴近了崇伟，在人类发展宏图之前，男人为男性赢得了争光的机会。而女人为生命分配给她的特殊任务所制约，脱不开身。男人拥有最广阔的自由，可以响应他智力的号召，从事精神世界繁多的创造活动。事实上，是男人拓展了成功的空间。在这文明的第一章，精神如日东升，女人只好坐第二把交椅。这时，不光女人的作用小了，而且女人实实在在成了绊脚石。她创造的特殊世界，不停地设置牵制男人冒险精神的障碍。在文明创造的舞台上，女人扮演相对来说不太重要的配角，使她们感到苦恼。这就是一些叛逆的女性压缩生命领域的责任，提出在社会创造工作中与男人平起平坐的要求的原因。

然而，机会不能人为地创造。女人性格中深藏的心志，不可能被外部的力量激发出来。她们的心志不朝前迈进，迅快地趋于停顿。所以，女人只有执著地进行"守护"的礼拜，才能得到她们真正的裨益。如果不顾一切地从事冒险活动，每走一步，都将与固有的性格发生冲突，时刻弄得她们心烦意乱。女人在男人的特有领域与男人竞争，永远不会获胜。但正如面对生命的优势，在当配角的舞台上，男人长期处于从属的地位之后，可以摆脱无能的窘迫，女人也可能在期盼的更高的层次上，冲出目前的困境。不过眼下很难预测下一座舞台上将听见怎样的召唤。

女人心灵的内在特性中培植的一种重要产品，也许可称为"妩媚"，它像柔光，是一种魅力。它没有重量，不可把玩，如果没有生命的摩挲，我们绞尽脑汁，也无法获得。

从土壤汲取营养的根须，可以分类，可以称出重量，但没有阳光的礼物——热能，树木就没法进行光合作用。同样，女人不可言喻的本性显现，一开始就在男人的创造中扮演自己的角色，虽不引人注目，却必不可少。若无女人动人心魂的俏丽暗中鼓舞男人的灵魂，男人将无所建树。文明在更高层次上的成就——勤劳者的无私奉献、勇敢者的无所畏惧、艺术家的创作，全在女人的影响中隐秘地受到激励。

在早期文明的冲突和战斗中，女人的"萨格迪"的作用不曾清楚地显现。但文明在其发展过程中融合了精神，男人认识到，他们的团结比他们的一盘散沙重要得多，女人的魅力也就得到了成为要素的机会。只有女人的情感和男人的才智相得益彰，达到共同的目的，精神文明才能维持下去，两者的差异不再造成新的不平等。此后在新的创造中，他们各自的贡献就会光荣地融为一体。

让我再重复一遍。女人具有两种形象。一，她是母亲；二，她是情人。我上面讲到精神修行,首先是指女人苦修的目的,不只是生孩子,而是要生出类拔萃的儿女。她们的儿女出生,不是为增加人口,而是要作为坚强勇敢的灵魂,在他们的社会生活和自然环境中,在与邪恶的持久斗争中赢得胜利。情人,是生活中女人的另一个角色,在男人的各种热望中流连。精神力量使她们成功地扮演这一角色,我称之为魅力,也就是印度人所共知的"萨格迪"。

有一首名为《欢乐之浪》的诗,被认为是商羯罗师尊的作品。诗中赞美的万象之心蕴含的"萨格迪",给人快乐和动力。我觉得,诗人雪莱颂赞的精神之美,也是这样的欢乐。《欢乐之浪》的作者,把女人描写成欢乐的化身。换句话说,在他看来,人类社会中无所不在的"萨格迪",在女人的性格中闪现出来,闪现就是她的魅力。

但愿没有人把"萨格迪"和"温柔"混为一谈。在"萨格迪"这种魅力中,交融着多种品质——容忍,自我克制,聪慧,以及高雅的思维、言谈和举止。它静静地展示着生活的韵律、爱情的甜美和奇妙,在其核心部位,熠熠闪耀着从不自暴自弃的乐观精神。"萨格迪"——女人给予的快乐的力量、情人的外在形象,如今被男人的贪婪大肆挥霍。男人千方百计利用它达到个人目的。他们伤害它,把它当作私人财产,幽禁在由妒忌守卫的狭隘之中。女人常常受到阻挠,在内宅体味不到"萨格迪"的全部光荣。在人生的每个阶段,女人的人格受到侮辱,在受到限制的舞台上表现着她欢乐的力量。女人在大千世界还没有找到真正的席位,于是有时试图夺取男人的特权,作为急需的手段使用。

然而,女人走出家门,并不意味着就获得了自由。她的自由只能在社会中实现。她的"萨格迪",她的欢乐,分布在最大范围最高尚的社会活动之中。男人在公共活动中已得到自我发展的手段,同时不必放弃个人的爱好。同样,当社会能为女人施展才华、进行创造提供广阔领域,而女人又不必减少创造性的家务时,这样的社会中,男女的结合才有真正的意义。

古往今来,全世界的婚姻制度,无不是男女具有真正意义的结合之路上的障碍。这就是女人的"萨格迪"受到玷污，受到欺凌，大量浪费的原因。这就是在每个国家，婚姻多多少少成为囚禁女人的牢房，所有的卫兵佩戴着男性支配权的徽章的原因。这就是男人想方设法束缚女人，制造了奴役女人的最冷硬的枷锁的原因。这也是不让女人发挥其本性的优势，去增加社会精神财富，由此产生的贫乏的重荷，压弯了整个人类社会的腰的原因。

时至今日，人类文明尚未真诚地接受精神的制约。所以，婚姻仍是人类不幸福、耻辱、堕落的突出原因之一。但是那些相信社会是一种精神表现的人，绝不会停止探索，直到使人类的婚姻关系免受社会残暴势力的蹂躏，直到在人类各个领域中可以为爱的力量自由地歌唱。

众生相

自己的和给予的

明月说:"我的清辉洒向了人间,虽说我身上有些许污斑。"

恩赐的高傲

水草昂起头说:"池塘,请记录,我又赐给你一滴清露。"

明月说我的清辉洒向了人间

敌对和自豪

蝙蝠一有机会就大声嚷嚷:
"你们知不知道我的敌人是太阳?!"

实　践

马蜂说:"筑个小小的巢,
　　　蜜蜂呀,你就这样骄傲。"
蜜蜂说:"来呀,兄长,
　　　筑个更小的让我瞧一瞧!"

宽阔的胸襟

墙缝里长出一朵花,
　　　无名无族,纤细瘦小。
林中的诸花齐声嘲笑,
　　　太阳升起对他说:"兄弟,你好!"

至　亲

煤油灯的火苗对泥灯说:
　　　"叫我哥哥,扭断你的颈脖。"
说话间皓月升上了青空,
　　　煤油灯央道:"下来呀,大哥!"

愿　望

"芒果，告诉我你的理想。"
　　芒果说道："具有甘蔗质朴的甜蜜。"
"甘蔗，你有什么心愿？"
　　甘蔗回答："充盈芒果芳香的液汁"

狂　妄

爆竹咧着嘴说："诸位，我多么勇敢，
'嘭叭'升空，用灰抹黑明星的脸。"

互　骂

棍子骂木条：
　　"你又瘦又细！"
木条骂棍子：
　　"你胖得出奇！"

贫者的报答

荒漠说："你为贫贱者降下充沛的甘霖，
　　我如何报答你的大恩大德？"
雨云说："我不需要报答，荒漠，
　　只要你长出我赠送的绿色快乐。"

承担责任

"谁来继续尽我的责?"夕阳高声问。

沉寂的世界如静画一帧。

一盏泥灯奋然答道:"大神,

    我愿尽力挑起你的重任。"

错 觉

河的此岸暗自叹息:

"我相信,一切欢乐都在对岸。"

河的彼岸一声长叹;

"也许,幸福尽在对岸。"

此岸叹息:欢乐在对岸

旅英印度人中的假洋人

要认清旅英孟加拉人的面目,必须在三种场合进行观察,即观察他们在英国人面前是什么态度,在孟加拉人面前是什么态度,以及他们在同类面前又是什么态度。

观察他们在英国人面前的神情,你会大饱眼福。他们说每一句话,始终让温文尔雅压塌肩膀。发生争执,他们小心翼翼地选择最软的词汇驳斥对方,讲了不同意见,急忙表示十二万分的遗憾,请对方给予十二万分的谅解。一个旅英孟加拉人默默地坐在一个英国人面前,不管要不要讲话,他的每一个动作,每一种表情,显露出登峰造极的谦恭。你注意一下他在同类面前的模样,就能窥见他的本性。一个旅居英国三年的孟加拉人,对在英国仅住了一年的孟加拉人,态度十分傲慢。这三年和一年之间发生争论,你准看到三年的有一种居高临下的气势。他用那种姿态那种语调说的每一句话,仿佛早已与文艺女神萨罗萨蒂反复推敲过,是不容更改的最后结论。对与之争论的同类的观点,他不时嗤之以鼻:"荒谬绝伦!"或者当面讥笑:"你这个傻瓜!"

在一回,一个孟加拉人问正在闲聊的同胞:"请问先生做什么工作?"旁边一个旅英孟加拉朋友恶声恶气地训他:"瞧你,问得多么荒唐!"那副腔调让人感到,一如撒谎、偷盗违背教典的训诫,问他人的职业实属大逆不道。

我们有一天谈到印度的祭祀,父母故世,一家人吃素,不化妆,等等。

一位旅英年轻人问我:"先生,你肯定认为这是陋习吧?"

"为什么是陋习?"我吃惊地反问,"我看那,亲戚亡故,如果英国人吃素，印度人不吃素，你必定加倍憎恨不吃素的印度人，并认为不吃素，印度才如此衰落。"

你可能知道，英国人觉得十三个人一桌吃饭是不吉利的，一年之内，必有一人丧命。旅英孟加拉人请客也从不请十三个人，问他为什么忌讳十三，他坦率地说："我自己不信那一套，但请来的客人害怕，只好按他们的规矩办事。"同一天，一个旅英孟加拉人星期天不许他亲戚的男孩在人行道上玩耍，问他这样做是不是太过分了，他理直气壮地反驳："街上的行人会怎么看我们呀？"

有几位孟加拉人宣称，他们要在印度推广英国的公寓出租制度，这是他们唯一的志向。另一位孟加拉人决心改革孟加拉社会，他觉得英国成双成对的男女跳舞非常顺眼。他观察一些普通事情上英、印两男女性的差异，接着像稚童那样就某些细节冥思苦想，坐卧不安。一位定居英国的孟加拉绅士抱怨："印度的女孩不会弹钢琴，不能像英国姑娘那样落落大方地接待客人，几天后登门回访。"如此这般，他们历数一件件小事，拿印度和英国作比较。"愤怒计"显示，他们的火气腾地越过了血压警戒线。由趣味相投的一群朋友簇拥着的一位孟加拉新潮人物，大发感慨："想到回归故里，几个女人围着我一把鼻子一把眼泪地絮絮叨叨，回国的欲望顿时烟消云散。"换句话说，他希望妻子一见到他，立刻叫喊着"宝贝，亲爱的"，发疯似的扑上去和他拥抱，接吻。脑袋贴着他的脖子，凝立不动。

餐桌上一般手持刀叉朝下叉切食物，你看他们那么专注地研究朝下叉切食物的原因，不能不对他们产生三分敬意。哪种外套的款式时髦？现代贵族穿肥裤还是窄裤？跳华尔兹舞还是波尔卡舞、马祖卡舞？吃了鱼再吃肉，还是吃了肉再吃鱼？他们都掌握了绝对可靠的情报。这些鸡毛蒜皮的事情，孟加拉人竟然反复琢磨，符合不符合人家的习惯，非弄他个水落石出。这种锲而不舍的精神，英国人听了恐怕也要自叹弗如。其实，你用刀吃鱼，英国人见了不会惊讶，他晓得你是外国人，但旅英孟加拉人在场，少不得让你尝尝讽刺的滋味。你要是用雪利酒杯饮香槟酒，他圆睁着眼望着你，仿佛你的无知破坏了世界的幸福和安宁。黄昏你若身着晨礼服，他会像法官似的下道命令把你关进冷清的"单身牢房"。看见哪个孟加拉人返回英国后吃羊肉蘸芥末儿，他不阴不阳地来一句："你走路干吗不头朝地脚冲天？"

　　我注意到一桩怪事：孟加拉人在洋人面前抨击同胞和本国风土人情，措词之激烈，远远超过从小在印度长大的英国人的咒骂。他随心所欲的胡诌瞎编，开心地嘲笑印度的封建迷信。他说印度有个名叫帕维贾尔吉的团体，由吟唱毗湿奴颂歌的歌手组成，还详细地介绍他们的巡回演出。逗笑聚会者的热望，驱使他呆拙地模仿印度土著舞女跳的不登大雅之堂的舞蹈。聚会者一面欣赏一面捧腹大笑，使他更加得意。他由衷地希望谁也不把他当印度人看待。孟加拉的假洋鬼子的一块心病，就是怕人识破他的真相。一个孟加拉人走在街上，另一个印度人上前搭讪，用印度斯坦语问一两个问题。他一听怒火中烧，一言不发，扬长而去。他巴望谁见了他都不知道他会讲印度斯坦语。一位有音乐天赋的孟加拉侨民采用罗姆勃罗沙德调创作一首民歌。上封信里，我抄了一部分。大作的其余部分，我回忆起来了，现抄录如下。作者不是崇拜湿婆之妻萨玛的歌手罗姆勃罗沙德，而是喜马拉雅山之女柯丽的信徒。他对柯丽唱道：

　　　　母亲，来世我是一个洋人，
　　　　一头金发，戴个礼帽。
　　　　抹掉倒霉的土气和姓名。
　　　　母亲，我握着一只白皙的纤手，
　　　　漫步回廊花亭；
　　　　我把脸扭向一边，
　　　　怕只怕她见了黑脸叫我黑人。

　　前面我提到的房东，有义务为房客服务。房客多了，他们雇佣人或叫亲戚来帮忙。外国人多半愿意租美貌的女房东的房子。搬进赁房，他们很快与房东的年轻女儿打得火热。两三天之内，房东就为房客起个英文名字。再过一礼拜，赠给房客一首以其姓名为题的诗作。有一天，房东的女儿给房客送去一杯热茶，嗲声嗲气地问："要不要放糖呀？"他笑容可掬地回答："不，纳莉，你摸过这杯茶，我看就不必放糖了。"

我认识的一位旅英孟加拉人，亲切地叫房东的女佣"二姐、三姐"。他对"二姐、三姐"尊敬得不得了。哪位"二姐、三姐"来到他房间或隔壁房间，他的同胞要是唱歌，嘻嘻哈哈地开玩笑，他会羞得无地自容，连忙阻止："安静，安静！埃米丽小姐看见你们这副样子，会怎么想呀！"

我记得在国内的时候，我们宴请一位从英国归来的朋友。席间，他喟叹道："吃饭没有女性作陪，对我来说，可是破天荒第一遭儿。"

这儿一位孟加拉侨民宴请朋友，也请了房东和女佣人。她们中有一位穿着脏衣服。主人彬彬有礼地请她更衣。她机敏过人地婉拒道："你钟爱的人，邋里邋遢，你照样爱她。"

我再简叙一下旅英孟加拉人的另一种怪癖：他们多数不承认自己已经结婚，因为在年轻的处女社会里，已婚男子价钱低廉。自我介绍未婚，与英国处女交往，放肆一些也无妨；自我介绍已婚，未婚的女伴就不容你出格了。因此自我介绍未婚，能多占便宜。

有些孟加拉人发现他们处于我的描写之外，但孟加拉侨民的一般相貌，在我所见所闻的基础上大致已得到了反映。

归国的孟加拉人的境况如何，不得而知，不敢妄加议论。但在印度住了一段日子返回英国的孟加拉侨民的情况，我大体了解。他们不再那么热爱英国。他们纳闷：是英国变了，还是他们自己变了？过去，他们喜欢英国的任何东西。现在他们不喜欢英国的冬季、雨季，回国一点不伤心。他们讲从前非常爱吃草莓，认为在他们吃过的水果中，草莓的味道无与伦比。这几年莫非草莓的味道变了？比起草莓，他们更爱吃印度的水果了。以前他们对英格兰德本希亚洲产的冰淇淋的偏爱，简直到了无以复加的地步，可现在觉得印度的酸奶更加爽口。

孟加拉人只要回到印度就业挣钱，建立家庭，养儿育女，他们的根便扎进祖国的泥土里，心情变得恬淡。下班后跷着二郎腿，摇扇纳凉，满足于平平稳稳地消度岁月。

我深爱这片热土

我热爱静静地偃卧着的大地,我真想伸出双臂,拥抱她的树林、河流、原野,拥抱她的喧闹、岑寂,拥抱她的黎明、黄昏,拥抱她一切的一切。

我们从大地获得的财富,难道能从天堂获得?我不知道天堂赐予了什么。但像人世间如此温柔、如此软弱、满心忧郁、不完美的人拥有的这些珍宝,是从哪儿送来的呢?是我们的泥土母亲,我们的大地,在它生长着金色作物的农田,在它仁慈的河流两旁,在交织着苦乐、爱情的村寨里,把千千万万贫困的人心中泪水的珍宝装在怀里送来了。

我深爱这片热土

我们这些不幸者却无力珍藏，也无力保护。各种隐秘的强大势力，扑过来从我们的怀里抢走那些珍宝，但可怜的大地仍然力所能及地做着自己的事。

我深爱这片热土，她的脸上是广袤的愁容，她好像在心里说，我是大神的女儿，可我没有大神的威力。我爱人，可我保护不了人。我开创了一项项事业，可一项也没有完成。我给予新生，可阻挡不了死神伸过来的手。

我贫苦的母亲是如此无助，如此孤苦，有着那么多的缺憾，终日怕失去爱而忧心忡忡，为此我仇视天堂，更加爱她的茅舍。

老佃农

在乡村我还享有另一种愉快。那些质朴谦恭的老佃农三头两天来看望我。他们对我的尊敬纯正之极!单就美好的淳朴和真诚的尊敬而言,他们比我高尚。我不配领受他们的尊敬,尽管这种尊敬并不低下。对这些"老孩子"的爱,类似于儿童的爱。当然两者是有区别的,从某种意义上说,他们比儿童更值得爱怜,因为孩子在一天天长大,而他们不会再长了。

印度的佃农

他们的瘦削、伛偻、皮肤松弛多皱的躯体包裹着一颗纯洁、单纯、善良的心,而孩子的心里只有单纯,没有他们那种充满依赖的忠诚。人与人之间假若真有什么精神纽带,但愿我心里对他们的祝福能够实现。

诚然，不是个个佃农都这样淳厚，不应该抱那种奢望。最珍贵的往往也是最少见的。

  我心中洋溢着对他们的爱怜。我不愿意他们有任何苦恼。见他们像天真的孩子用充满诚意的声音埋怨，我非常感动。当他们把对我的称呼由"您"改为"你"，毫无顾虑地责备我时，我心里甜滋滋的。好几回听着他们絮絮叨叨，我忍不住笑出声来，他们见状也嘿嘿地笑了。有天傍晚，我出去散步，一个佃农远远地喊道："喂，请站住！"我好生诧异地收住脚步。他上前俯身伸手沾我脚上的尘土，抹在胸口、头上，说："俺这辈子有福啦。"他说他发烧，咳嗽，三天米饭不曾沾牙。今天有了食欲，吃了顿饭，心里高兴，特意来沾我足上的吉祥的尘土。我不敢打包票，由于他的虔诚，我足上的尘土能起护佑的作用。但他对受之有愧的人表示过量的景仰和爱戴，却含有惊人的纯美。他一腔纯正的尊敬，表明他心灵的美好。老人皱纹纵横的脸上满是稚童般的纯真。在以前的信中，我多次谈到佃农，远方的你，兴许觉得这是老生常谈。可是我每天每回都有新鲜感。在这古老的土地上唯有美和人心的真情永远不会衰老，世界因此生机勃勃，诗人创作的源泉永不枯竭。

化缘者

　　昨天中午我诗兴大发,坐下刚写了五六行,一位毛拉①找上门来,见我伏案写作,下保证似的说:"鄙人只说两句话。"他"两小时"说完这"两句话"起身离去时,只听岸边有人高声叫道:"大王,小民求见已七天了,您的侍从一直从中阻拦。"听话音此人绝非等闲之辈,我立刻告诫"侍从"不得再次阻拦。来者是一位身着赭色道袍的婆罗门,长须疏发,天庭饱满,眉间是一颗檀香痣,神色庄重地走到我面前,展开一张很大的纸。我揣摩是一份申请。谁料他亮开嗓门,抑扬顿挫地朗读起来。原来是一首诗。婆罗门大声颂赞居住在婆伊贡塔仙境的保护大神毗湿奴,我肃穆地聆听着。

　　长诗描写毗湿奴的仙境生活,采用隔行押韵的"特里波迪"诗体。少顷,我发现,为维护举世闻名的都市加尔各答的泰戈尔称号,毗湿奴突然变为黑天②,转世下凡,颂诗从"特里波迪"体转为每两行押韵的"波雅尔"体。完成了对德本德拉纳特③的盛赞,颂诗转向吹捧罗宾德拉纳特·泰戈尔时,我心里忐忑不安起来。我的诗才和乐善好施"像阳光普照大地,驱散了愚昧和贫穷的黑暗",这种比喻不管多么优美,可对我来说,委实是一则奇闻。诚然,为仁慈扬名并非坏事。

　　我耐着性子听完颂诗,说:"请去田庄公事房吧,我还有其他事情。"

---

① 伊斯兰教宗教职业者。
② 印度神话:毗湿奴十次下凡救世,黑天是他的凡身之一。
③ 泰戈尔的父亲。

"您忙您的。"婆罗门一动不动,"您明月般的容颜,容小民瞻仰片刻。"他站在我跟前,显出惊奇的神色,像傻子呆呆地望着我的面孔,我体内窘迫的灵魂被他盯得战战兢兢。

我连声催他下船。他说:"布施的物品,请写在这张纸上,我马上到管家那儿去取,颂诗也会念给他听的。"

我不由得感慨万端,我和他操同样的行当啊。我朗诵诗歌,获得报酬。当然,有几回从人家门口空手而归,跟这位婆罗门一样。保护大神毗湿奴有四只手,分别擎着法螺、轮座、仙杖和莲花。我——现世毗湿奴的凡身,挥了挥擎着仙杖的手,打发他走了。

保护大神有四只手

他刚下船,比罗希姆普尔地区赫赫有名的演说家达里·马宗达占据了他的位置。

我胸前交抱双手,靠着躺椅,默不作声,像一尊冷峻的雕像。

达里·马宗达朗声说道:"大王,许多人读了古代英勇善战的将士的故事,都不相信,以为几千年前那种事是虚构的。可是几千年后,目睹您的威武英姿,他们的怀疑立即烟消云散了!"

滔滔不绝的吹捧从他的口腔奔涌而出。我忍不住打断他："你去公事房歇会儿吧。"

　　"不，不，不用休息。"他急忙回绝，"好不容易见到老爷，我等了七八个月，做梦也不曾想到，瞻仰您妙足的夙愿今日得以实现。"说着，说着，他发颤的声音哽住了，撩起衣襟抹了抹干涩的眼窝。渐渐地，他似乎记起了先前的庄园主——我哥哥乔迪宾德拉纳特对他的无限关怀和信任，心海里腾起激动的狂澜。于是他原原本本细枝末叶地讲述他当年做了哪些事，发生了哪些事，主人问了哪些问题，他回了哪些话。

　　残阳衔地，黄昏来临，鸟儿归巢，牛羊进厩；佃农荷锄回家，达里·马宗达仍无弃舟登岸的意思。直至从库希蒂亚又来了一位求见者，他才宽慰我似的说了句"明天来说其余的事"，恋恋不舍地走了。今天，他还没有来。但口才堪与之媲美的另一位演说家坐在我旁边的凳子上，等我一发话，也将口若悬河地发表演说了。

印度教徒和穆斯林

印度的几位政党领导人决心在各邦各社会团结的基础上,缔造一个大民族,打造一个显示权威的"王座"。

所谓"王座",就是宪法,是舶来货;在国家统治制度之内,确定每个群体的权力的同时,它需要重新锻造。

事情进行得似乎相当顺利时,我们挨了当头一棒,突然察觉主要障碍在我们中间。驭手尽管勉强答应驾车前往圣地,可把马车从车棚里推出来的时候,忽然发现,两轮马车的两只车轮①朝相反的方向转动,驾车行驶,必然翻车。

我们和外部心怀敌意的人唇枪舌剑,把他击退,赶走,虽说异常艰难,但并非不可能。最终的裁决,是谁胜谁负。但内部的人争吵,任何一方获胜,本质上也是失败。而输了也不得安宁。排斥任何一方,都不行。压制一方,只会长久地挑起动乱。右边一颗牙齿,摇动了左边的牙齿,趾高气扬,末了自己也不会牢固。

不消说,在印度,较之打造国家"王座",缔造一个大民族,更为重要。在印度社会中,宗教、语言和习俗的差别,可谓无穷无尽。这种千差万别,妨害国家的统一;更为不利的是,这种差别妨碍张扬人性。一群人住在一起,可是各想各的,各行其是,三头两天斗殴,厮杀,这是野蛮的标志。我们向往的自治,不属于野蛮人。某些人的社会、宗教、习俗和情感中,充满骨子里流出的破坏团结的祸水。他们的言论,把合力击碎。这群专门离间民众的人,使用哪件工具能打造国家的一

---

① 两只车轮和下一段的两颗牙齿比喻印度教徒和穆斯林。

统呢？

包藏祸心的孟加拉分治提案，激起孟加拉人的愤慨，他们采取了抵制的方针。可是孟加拉的穆斯林转过脸去，无动于衷地站在一边。正是在那个时候，孟加拉的印度教徒和穆斯林之间，发生了令人深以为耻的肮脏的冲突。无需调查清楚，罪过主要是哪一方的，骚乱是在哪儿突然煽动起来的。我们应该想到的是，孟加拉一分为二，孟加拉民族的残缺，对于孟加拉所有的教派，乃至整个印度，都极为不利。

那天许多人为此表示气愤。可是，用破水罐汲水，水流出来，发红的双眼瞪视水罐和流在地上的水，有什么用？不管我们多么痛心疾首，水罐的裂缝必然起裂缝的作用。我们身上的瑕疵，时候一到就会暴露出来。命运之神的怜悯，也遏制不了耻辱。

有一部分穆斯林反对联合选举，要求推荐自己的候选人。为了加重他们一方的分量，他们加添着各种特殊机会的秤砣。如果全体或大部分穆斯林意见一致，单独推荐候选人，看来圣雄甘地也不得不妥协，同意接受他们的要求。果真如此，最好坦然接受他的选择。因为，在印度，我们将要夺取的国家权力的雏形和夺取的方式，他已烂熟于胸。迄今为止，只有他能抵御强大的阻力，娴熟地推动历史进程。围绕国家权力，顽固地讨价还

印度的穆斯林

价，极大地造成印度教徒和穆斯林思想上的对立，那可是敌人期盼的增添心中快乐的最好办法。

我们印度人如能万众一心，携手并进，那么就能看到，把别人视为亲友，非常容易。经常有穆斯林学生和老师，来圣蒂尼克坦学习或教

书。我们感觉不到我们和他们有什么差异，和他们建立友情和亲密关系，从未遇到困难。与圣蒂尼克坦往来频繁的几个村子中，也有穆斯林村子。加尔各答的印度教徒和穆斯林之间爆发骚乱，消息传到加尔各答以外的地区时，波勒布尔①谣言四起：印度教徒叫嚣要砸毁清真寺，已用卡车从加尔各答运来了大批歹徒，等等。但是，让当地的穆斯林保持平静，我们并未花很多精力。因为，他们深信，我们是他们真诚的朋友。

我的大部分佃农是穆斯林。围绕宰牲节，全邦的气氛十分紧张的时候，印度教佃农跑来发牢骚，请求我在当地禁止宰牲。我不认为他们的要求合乎情理。但我把穆斯林佃农叫来，告诫他们要妥然宰牲，不得无故伤害印度教佃农的感情，他们当即依允。我们田庄周围，从未发生教派冲突。我相信，其主要原因，是我和穆斯林佃农的关系，是坦诚而融洽的。

印度教徒

不能指望，印度各种社会的信仰、观点和宗教活动的差别可以彻底消除。不过，就人性而言，必须坚信我们之间有相同之处。从相处的角度审视，印度教徒和穆斯林分开居住，扩大了教派对立，掩盖了人性的共同点。作为一个印度教徒，我要说，不要动辄对穆斯林说长论短——不能把穆斯林拉到自己身旁，但愿我们感到内疚。

小时候，我第一次走进田庄的公事房，看见我们的婆罗门管家坐在铺着垫子的太师椅上处理事务，

---

① 泰戈尔创办的国际大学所在地。

旁边的平台下面，坐着穆斯林佃农，上面坐着印度教佃农。见此情景，我对他极为憎恶。这位管家是一个具有爱国情怀的现代派。他颇为欣赏用尖刻的语言嘲笑印度人在英国人的客厅里低声下气，蒙羞受辱，可应礼貌地对同胞表示尊重之时，却如此吝啬！这样的吝啬渗透社会和各个工作领域。

最终，印度教徒栖居之地，穆斯林的大门紧闭着，穆斯林栖居之地，印度教徒步步受阻。只要存在心灵的隔阂，利益的差异就无从铲除。在未来的国家体制内，一方把造福的责任，交到另一方手中，必然是犹豫的。现今就联合选举产生的矛盾，它的根源就在于此。

由于近期与久远的诸多原因，长期累积的怨仇使印度教徒和穆斯林的团结问题越来越棘手，现在应怀着坚定决心，着手加以解决。

诗歌是我的老情人

诗歌是我的老情人,我像我儿子罗梯这么小的时候,就与诗歌缔结了婚约。从那时起,我家池塘畔硕大的榕树,内宅的花园,一楼废置的小屋,外面的世界,女佣人讲的童话故事、哼的儿歌,在我心田幻化为仙境。朦胧的情思很难表述,但我可以坦直地说,少年诗人与幻想交换了结婚的芳香花环。

必须承认,女方不是吉星高照的美貌女郎,不曾给我带来好运。我不能说她没有愉悦我,可同她的关系不太和谐。她给予她所爱的人以成功的喜悦,又时常残忍地搂抱他,挤出他的心血。她选择的大婿时运不佳,未能在社会中奠定基石,建筑豪华住宅,终年怡情养性。

我已把真实的生活典押给她。我一面经营田庄,一面绞尽脑汁构思写作,进入永远充实的内心世界。我明白我的位子在这里。生活中难免自觉或不自觉地做一些违心的事,可我在诗苑从不说假话,诗是我一生中深邃真理的唯一的庇护所。

泰戈尔诗作手迹

咏 爱

一

世界面对它所爱的人,摘下它奇大无比的面具。
随后它变得小如一首情歌,小似一个永恒之吻。

二

我们在梦里曾以为我们互不相识。
苏醒了才知道我们是彼此相爱的。

三

在"世界"的海边,我的心拍击着波浪,
以泪水在上面写她的心迹:"我爱你。"

四

因为"世界"的要求,生命发现自己的财富。
因为爱的要求,生命又发现自己的价值。

五

爱是充实的生命，
如同斟满酒的杯子。

六

让"我相信你的爱"，成为我最后说的一句话。

悼念亡妻

爱情的项链

朝夕相伴的岁月里，
　她一次次慷慨奉献。
而今，我已没有
　回报她的时间。
她的夜已化为黎明，
你接她走了，哦，大神——
我只能把感激的礼物
呈献在你的足前。

我与她在一起时的过失、
　言谈举止的不当，
我只能匍匐在你足下，
　通过你恳求她原谅。
今日盛放你供品的盘里，
我放上尚未给她的
而早想送给她的
　一条爱情的项链。

你在我心中

你热爱这绿色的土地，
你的笑充满纯真的欢喜。
　　与人世之波水乳交融，
　　你学会了时时高兴，
你的心能占有他人的心。
这绿色的土地对你多么亲。

今日，你仿佛从蓝天
俯瞰着这寂寞的平原。
　　你那动人的笑靥，
　　你那顾盼的快乐，
感染众人，唱着离歌周游
棕榈树林、村庄和田畴。

你最爱的我的瞳仁里，
摄储着你深情的凝睇。
　　此刻我孤独、冷清，
　　回忆着对视的情景——
你在我的心房与我分享
我瞳仁里你温和的目光。

冬日的光束在叶缝中抖颤，
朔风吹落希里斯花花瓣——
　　阳光、阴影的瑟瑟战栗里，
　　冬日正午疏林的絮语里，

你的亡魂,我的梦魂,
共游时不觉泪湿衣襟。

啊,你在我生命中生活,
在我心头把期望诉说——
 我深切地感到你
 十分神秘地在我的体内
化为另一个我。
啊,你在我生命中生活。

你完美了死

你在我的生活中
 糅进了死的甘甜。
你用永诀的光芒
耀亮我黯淡的心房;
在我不灭的忆恋上
 投印夕照色彩的变幻。
人生悠远的边陲
获得了空前的荣誉。
泪雨洒濯的心空,
 仙境的宫阙旋隐旋现。
你在我的生活中
 糅进了死的甘甜。

哦,端庄、贤惠的爱妻,
 你完美了死。
你从人生的彼岸

将充盈沉默的爱恋、
含泪的善良的心
　　时刻送回尘世的阳光里。
死亡的宅邸幽秘、冷清,
你独自静坐,身倚窗棂,
你点燃的灯光里
　　跳跃着不死的希冀。
哦,端庄、贤惠的爱妻,
　　你完美了死。

泰戈尔妻子穆丽纳里妮

我的生,我的死,
　　你伸出双臂搂住。
你凭一双手,亲爱的,
变死为生的情侣。
你袒露你的心灵,
　　死亡中融入甘露。
你推开冥宫的门闸,

扯去沉重的厚帷；
站在迷蒙的生死界上，
　　默默无语地瞻顾。
我的生，我的死，
　　你伸出双臂搂住。

天各一方

你送来新鲜生活的美好形象，送给我心房第一阵惊喜和血液中第一阵激浪。

朦胧的爱情的甘甜，好像黎明缀有金饰的黑色面纱，排斥纯洁的目光的交换。那时心林的鸟啼还不大胆，绿叶的飒飒声时而响起，时而平息。

人丁兴旺的家庭里，不知不觉建造了我俩幽秘的世界。有如燕子营巢用的是草屑，这个世界的建筑材料也很普通，不过是流动的时辰、飘浮的怀念。但它的价值在于共建，而不在于材料。

后来我从我俩的航船上不慎落水，一个人凄凉地漂流；你怔怔地坐在对岸的沙滩上。写作，娱乐，你我的双手从此没有机会配合。

我们生活的纽带断为两截。如同潮汐身后袭来的强台风一刹间抹去平如明镜的大海的背景上绿岛的肖像，你我苦乐的新芽萌发的稚嫩的世界轰隆一声塌为一片废墟。

数十年弹指间逝去。暴雨将临的黄昏，我在心里见你全身依然洋溢着青春的活力。你依然拥有灵秀的韶华。你春天的芒果花，依然散发沁人心脾的芳香。如今正午的杜鹃和你那时一样凄婉地啼鸣。

我对你的回忆融合在年年岁岁的自然景色里。你纤柔的身姿深深地印在不可撼动的土地上。

我的生活之河没有停止流动。在崎岖的山路上，在险恶的深谷里，在善恶、矛盾、对抗之中，我照样憧憬、思考、求索，有成就，也有挫折，走到了远离你熟稔的疆域的地方；在你眼里是异乡人。

今日云吼的黄昏，你若坐在我跟前，会发现我迷离的目光滑过青翠的林径，飞往高渺天海的岸边。

你会坐在我身边悄声倾吐你那天未倾吐的心里话？但此时巨浪在咆哮，兀鹰在怪叫，乌云在轰鸣。娑罗树浓密的枝梢剧烈摇摆。

有关你的消息，仍在漩涡急转的疯狂的海面上飘荡的纸船里。那时你我的心息息相通，谱写一支支新歌，分享最初创作成功的喜悦。

我感到你我的关系实现了几个时代的夙愿，每天新鲜的阳光似太初睁开眼睛的星星。

我乐器的弦丝已增加了几倍，没有一根是你熟悉的，你练习的乐曲在这弦上会感到羞愧。当年抒发感情的乐谱，终究要被揩尽。

我的眼眶不禁涌满泪水。我弦琴的魔力来自你纤指最早的抚摸。是你首先从绿岸将少年的轻舟推入人世之河，轻舟才扬帆远航。

如今我在河中央一唱渔歌，你的名字便和歌声一起荡漾。

我的人生轨迹

维沙克月二十五日①泛舟生辰之川流,向死日飘浮而去。生死的微茫界线上,是哪个艺人坐在移行的座位上,以参差不齐的罗宾德拉纳特·泰戈尔编着一个神奇的花环?

岁月乘车飞逝。徒步的旅人取出器皿,乞求些许解渴的净水。饮毕,落伍在黑暗中;车轮压破的器皿落在尘土里。他身后又来一个旅人,用新杯舀饮新酿的酒浆,他与前者姓氏相同,却分明是另一个人。

我曾是个孩童。寥寥几个生辰的模具铸造的那个孩童的偶像,你们谁也不认识。熟稔他形体之真实的,俱已作古。他不复存在于现在的外壳和他人的记忆里。他与他小小的世界远去了。清风徐来,不闻他当年的嬉笑和啼哭的回声。尘埃中,我不曾发现他玩具的碎片。坐在昔年生活的窄小的窗前,他向外凝望。他的天地局限于有孔隙的宅院。他稚嫩的视线被花园高墙和一行行椰子树挡回。童话的甘汁调稠的黄昏,相信和怀疑之间并无太高的墙壁,遐思轻易地从这边飞到那边。朦朦胧胧的暮色里,暗影拥抱着物体,两者归属了同一种姓。

区区几个生辰是一座孤岛,一度浴着阳光,不久便沉入流年的海底,落潮的时候,有时望得见岛上的山巅,望得见珊瑚的红色轮廓。

此后的维沙克月二十五日出现于一个阶段之末的春晓红霞的淡雅里。少年这个游方僧,调试好年华的单弦琴,云游着呼喊着迷茫的心中的人儿,弹奏无可言传的感情狂想曲。

---

① 公历5月7日,泰戈尔的生日。

静听的吉祥女神的宝座摇晃起来,在一个忘却工作的日子,她遣差女使者下凡,在木棉花的色彩陶醉的荫径上款款而行。我倾听她们的柔声细语,似懂非懂;我瞧见她们黧黑的眼睫挂着泪花,微颤的朱唇沁出郁结的愁怅;我听见她们华贵的金银首饰发出热烈、焦灼、惶惑的呼声。维沙克月二十五日,黎明从沉睡中苏醒,她们不让我知道,暗自留下新绽的白素馨串联的花环,幽香迷醉了我的晓梦。

少年时代生辰的世界与神话的疆域毗邻,充斥着颖悟与无知引发的狐疑。那里,光临的公主披着柔润的乱发,时而困睡,时而因点金棒的碰触骤然苏醒。

光阴荏苒,春光明媚、姹紫嫣红的维沙克月二十五日的墙垣坍塌了。那绿草如茵的小径——昔日,素馨花叶摇影移,风儿低声细语,杜鹃相思的哀鸣中正午凄清苍凉,花香的无形诱惑下,蜜蜂嗡嘤翩飞——如今延伸着成了通衢大道。当初少年练

回望人生轨迹的泰戈尔

习的单弦琴,系上了一条条新弦。

以后,维沙克月二十五日召唤我沿着坎坷的道路,行至波涛轰响的人海边。适合、不合适的时刻,我将乐音织成的网撒向人海,有的心灵甘愿投网,有的从破网中逃遁。

有的日子疲惫不堪,沮丧闯入开拓之中,诗思被沉重的苦恼压弯。疏懒的下午,独辟的蹊径上,时常出人意料地驾临天国的乐师。他们使我的服务臻于完美,为倦乏的探求送来满斟琼浆的金杯,以笑声的豪放爽朗制服忧惧,以灰烬覆盖的焦炭重新点燃胆略的火焰,把天籁揉入探索中的表达方式,点燃我熄灭了的路灯,使松弛的弦索再奏新曲,亲手

给维沙克月二十五日戴上热烈欢迎的花环——他们的点金石的点触至今留在我的歌声我的诗章里。

然而生活的战场雷声隆隆，处处进行着殊死的搏斗。我有时只得放下诗琴，举起号角，头顶正午的炎炎烈日四出奔走，经受交替的胜利和失败。脚掌扎满蒺藜，受伤的胸腔血流如注。狂暴凶猛的恶浪冲击我人生的船舷，企图将我生活的用品沉入诽谤的泥海。我领略了憎恨、嫉妒、刺耳的喧嚣，也领略了情爱、友谊、悦耳的歌声，通过滚动的热泪和嗟叹，我人生的星球进入了轨道。

历尽曲折、艰辛、冲突，已届暮年的维沙克月二十五日，你们簇拥在我身边，可是你们是否知道，我作品表现的许多内容是不完整的、零乱的、被忽略的？内外的是非曲直、清晰模糊、荣誉恶名、成功挫折糅合着塑造成的我的形象，今日在你们的敬慕、爱戴、宽和中栩栩呈现。我欣然承认你们奉献的花环是我生辰的最后的容貌。同时，我为你们祝福。临行的时候，愿此心灵的形象长存你们心间，而不因遗留在时代之手而感到骄傲。

尔后，人生的光影织成的一切旅历的尽头，让我怡然歇息。那无名的幽寂的去处，让各种乐器的各种曲调汇成深沉的"终极"的交响曲。

甘地的绝食斗争

如同日全食黑暗渐渐吞没白昼,今日,死亡的阴影笼罩着印度大地。举国悲痛,这在印度历史上是前所未有的。极度痛苦触动了各界群众,给了我们些许纯洁的慰藉。经过长期苦修,与印度同命运共呼吸的圣雄甘地,今天以全体国民的名义,开始了决死的斗争。

不管依仗武器、军队强占别国领土的人怎样耀武扬威,他们被阻止进入别国心灵的领地,他们无力占有别国针尖般小的一块心田。纵观历史,一批批夷人一次次以武力占领印度,他们插在印度土地上的旌旗,一一倾倒,化为尘土。

企图在域外筑起武器的铁丝网,培植拖延存在的幻想的人,有朝一日在历史的召唤下退入幕后的时际,他们的"业绩"的垃圾,倒进帝国大厦倾覆的废墟里。而凭正义的力量获胜的人的伟业,超越其年寿,千载万年活在民族的心中。

在全国心中拥有这种权利的圣雄甘地,作为国民的代表,今日踏上彻底自我奉献的道路,开辟胜利的航程。今天是我们静心深思的日子,他毫不犹豫地付出如此沉重的代价,究竟为排除哪些坚固的障碍?

印度有一种令人忧虑的时尚。我们往往赠以普通的赘礼和低廉的荣誉,打发走思想品德;夸大称号的作用而缩小真实。现在,一些领导人作出决定,号召全民绝食。叫我说,这样做并无过错,但令人担忧。圣雄不惜以生命换取真理,相比之下,这种表面文章大失水准,只会增加疚愧。不到一天的略为痛苦的表情,轻描淡写地诉说心头的愤慨,就算尽了责,这样的事儿不发生为好。

圣雄甘地在绝食,我们也要搞一次绝食活动——将两者相提并论的愚蠢念头，但愿不在任何人脑子里产生。这两者根本不是一码事。圣雄的绝食不是活动，是表达心声，用最美的语言才能描绘他的心声，死亡永远在印度在世界传播他的心声。倾听他的心声若是一项责任，就应当正确地履行；应当通过自己的探索，在心里接受他找到的真理。

细细咀嚼他讲过的话吧！从人类历史的第一页开始，我们看见一群人把另一群人打入底层，站在他们头上炫耀自己的进步。一群人在另一群人的奴隶地位上扩散自己的影响。这是世代常见的现象。但我仍要说，这是不人道的。奴役基础上的财富，不会长存，其间不独有奴隶的痛楚，也有奴隶主的灭顶之灾。我们如果侮辱别人，把别人踩在脚下，他们必然成为我们前进道路上的障碍，把我们往下猛拽。我们贬低别人，别人也会贬低我们。吃人的文明病入膏肓，终将寿终正寝，这是民神的法规。在印度，我们剥夺了一些人的应有的人的荣誉，他们的不体面是印度不体面的缘由。

泰戈尔和圣雄甘地

目前，成千上万的印度人关在牢房里，像牲畜似的受到折磨、凌辱。将人集中起来加以侮辱的暴行，也玷污着国家统治，使之难以维持。同样，我们把社会的一部分人囚禁在不光彩的樊笼里，头顶着他们委顿的重荷，寸步难行。不仅监狱里有囚徒的生活，削弱人的权利，意味着将他投入监狱，尽管实际上没有损害名誉的牢狱。印度的社会监狱，是我们一步步扩建的。在囚徒的国度里，我们怎样获得自由呢？一句话，还人自由，自己自由。

岁月如水流逝。我们一直不明白我们在何处沉沦。蓦然，印度在争取独立的斗争中苏醒。我们发誓，决不容忍外国统治下残杀人性的社会制度。天帝及时指明哪儿是使我们栽跟头的陷阱。印度独立斗争的勇士发觉遇到的阻挠竟来自被鄙弃的人。昔日的卑贱者今日使高贵者一事无成，我们打击的下层人，给予我们最大的打击。

圣雄甘地早就尖锐地向我们指出了社会歧视和不平等的问题，可惜这方面的改革不尽如人意。我们重视梭子和土布①，看到了经济危机，但对社会罪恶视而不见。克服来自外部的经济危机并不太难，但捣毁建在社会罪恶之上的敌人的营垒，我们束手无策。圣雄甘地宣布对保护伞下的社会罪恶发起攻击，不幸的是，他可能在战场上捐躯。他把战斗任务交给了我们每一个人。如果我们真心诚意地接受任务，今天是一个有意义的日子。听了他的庄严号召，谁要是绝食一天，第二天对社会罪恶依旧无动于衷，就只能从痛苦走向痛苦，从饥饿走向饥饿。但愿一时半刻的苦行不至于羞辱对真理的追求。

我不知道圣雄甘地的圣战将怎样给一意孤行的统治者以何种程度的打击。诚然，今天不是展开政治辩论的日子，但我仍要说一句该说的话。我发觉大部分英国人不领会圣雄采取极端方式的寓意。他旨在阻止印度社会严重分裂的决死斗争，与英国人常用的斗争方法截然不同，因此觉得它非常古怪。我想提醒他们不要忘记历史——爱尔兰从联合王国分裂出去的时候，曾经发生何等可怕何等残酷的流血事件。西方国家习惯采用政治暴力手段，爱尔兰争取独立的血淋淋的场面，任何人，至少大部分人，不感到惊奇，但对甘地的非暴力的自我牺牲的和平方式，却大惑不解。

"甘地不同情印度受歧视的种族。"允许这种无稽之谈进入脑子，是因为他掀起的危机的风暴震撼殖民帝国的王座。殖民政府的官员惊惶

---

① 指甘地发起的抵制洋货，提倡使用国货的爱国运动。

失措，故意无中生有地造谣中伤。他们不懂得国家统治的铡刀将印度社会铡成两截所带来的祸害，对印度教徒来说不亚于死亡。假如外来的第三势力当年将新教徒和天主教徒分成两大阵营，屠杀不是不可能发生的。印度教社会面临严重危机的时刻，生灵涂炭的战争由甘地化为论战。新教徒和天主教徒之间长期形成的权利差别，是社会自己消除的，并未请土耳其国王出兵干涉。解决印度社会问题的责任，同样应由我们承担。

在国家政治领域，圣雄甘地近年致力于宣传非暴力政策，现在他不惜牺牲生命身体力行地执行这项政策，理解他的言行，我不认为很难。

佛 陀

写于鹿野苑①穆尔甘特库梯寺院落成之际

你的故乡曾因你的圣名而
 举世闻名。
让你的圣名再次传遍印度的
 乡村城镇!
菩提树下,让你当年的大彻大悟
再度指点迷津,揭去幻想的帷幕!
遗忘的残夜,对你的回忆之花在印度
 盛开在崭新的黎明!

无量寿佛,愿你延长这里奄奄一息的
 心灵的天年。
你的诵经声中,让这儿昏沉的风儿
 重又生意盎然。
推开关闭的重门,让四周的法螺
吹响迎迓你光临印度的新歌。
亿万歌喉唱出无量爱情的喜讯——
 迸发无敌的呐喊!

---

① 今属印度北方邦巴郎希县的一个村庄,释迦牟尼曾在那儿传教。

客死印度的瑞典人

年轻的瑞典人赫玛尔克伦来到孟加拉邦,受到"款待"已有一些日子了。他远离欧洲,住在孟加拉人家里,教孟加拉的学生欧洲语言,用他的薪金为学生买了书本,让他们阅读;路上遇到穷孩子,总慷慨布施。

我们在周围很难找到亲戚或客人般的欧洲人。英国人忘不了帝国的傲岸,既不会也不愿接近印度人。故而,赫玛尔克伦与我们朝夕相处,实属难能可贵。

赫玛尔克伦,举止文雅,平易近人。他身着西装,却如此谦和、质朴,我们见了倒有些不习惯哩。

尽管他像我们一样性格温和,但他的骨髓里蕴含着欧洲的生命力。他看上去是寻常之人,其实并不寻常。这样的人,我们见得不多。有些孟加拉人看上去老实巴交,像庙里的菩萨,可肚里没有品行,塞满干草;触到真正的品德之火,草包似的老实人,转眼间烧成灰烬。

个子不高、消瘦、文静的赫玛尔克伦心中,熊熊燃烧的品德的火光,在他所做的第一项工作中就闪射出来了。他离开祖国,漂洋过海,居住在远离故乡和亲人的完全陌生的异族人中间,究竟是谁鼓励他投身于这项事业的?他从欧洲的北部那北极的冰雪常年密吻的瑞典,来到亚洲东部被骄阳照射得疲惫的孟加拉大地。两地没有文明的共同点,没有亲谊,没有历史的联系。语言、风俗、习惯和生活方式,完全不同。恐怕没有一个国家的国王会下令将他的臣民流放到异国他乡,像他这样,远离亲人和习惯了的传统习俗。

在加尔各答孟加拉人举行的宴会上、节日庆典上、宗教仪式上,我多次见到他。他肌肤白皙,身穿白衫衣,神情欢悦,坐在不引人注目的座位上。他似乎急于要与我们打成一片。他听不懂我们的语言和孟加拉歌曲,但从不退场,而是耐心地倾听,以心灵的真诚努力在我们的情感世界获得一席之地。他显然具有进入其他民族幽秘心殿所应有的谦逊品德。

他履行教学的重任,克服了种种困难。为此,他的生活规律被打乱。他常饿着肚子,在几所学校之间奔走,加尔各答一条条大街上留下了他辛劳的足迹,没有什么能遏止他不倦的敬业精神。

去年布萨月,他风尘仆仆赶到位于波勒普尔的国际大学,参加隆重庆典。上午只饮了一杯茶,便出门参观访问。他不撑伞,与陪同讨论当地的地形、地貌。下午,匆匆返回,执意不用主人准备的食品,就出席庆祝活动,一直到晚上九点,喝了一杯水,径直前往帕特波罗兹火车站,当夜回到加尔各答。

他的愿望是为孟加拉知识青年建造一座拥有大量藏书的图书馆和一座会议厅。为实现他的愿望,他四处奔波,不畏烈日烤晒、暴雨淋浇,不顾身心疲累,不吝啬钱财。他不停地加添燃料,烧旺那些承诺提供赞助的人的热情。最后,资金即将筹足,他却被病魔击倒了。

听说,他筹建图书馆时的极度疲劳和生活不规律,是他的主要病因。临终前一天,他对一位出身名门的孟加拉妇女说:"瑞典并非没有我的亲属,我与基督教一刀两断,信奉一神论,与他们疏远了。"

弥留之际,他念念不忘的是尚未建成的图书馆。

他收了一位学生预付的学费,躺在死榻上,奄奄一息的他,怎么也记不起那位学生的名字,这是他牵挂的最后一件事;他请守在身边的人,想法找到那位学生,把钱还给他,这是他最后的请求。

他假如得到孟加拉人的关爱,无论如何能保住性命。因为,他可以从当地人口中得知欧洲人在印度应注意那些事情,身体才能健康。纵使保不住性命,客死他乡之前,至少他不会不得到当地人自古熟悉的那份治疗、那份服侍、那份安慰;他想让欧洲医生治疗的未遂的心愿,也可能得到满足。

客死印度的瑞典人

赫玛尔克伦先生在孟加拉得到的"款待",以上作了简单介绍。他在孟加拉的时间不长。尽管他对我们怀着一腔真爱,为我们文化建设竭尽全力;尽管他心地善良,为人热诚,赢得他的学生和朋友们的心,但他未做那种使他成为妇孺皆知的名人的事,因而他的事迹未能广为流传。我们也未为他做宣传。然而,对于某些孟加拉报刊就他的葬礼展开的讨论,不能不表示极大的愤慨。

赫玛尔克伦的遗愿是将他的遗体火化,而不是土葬。按照他的遗愿,他的遗体在码头旁一株苦楝树下火化了。尽管印度的经典称火是纯洁的,不仇恨任何人,但对于在印度教徒的神圣的苦楝树下火化异教徒一事,某些印度报刊大为恼火,声称:到目前为止,他们不反对死后和"哈利塔姆"等非雅利安低等种姓人在同一地点火葬。他们难以容忍的是,把他们洁净的尸体在焚烧瑞典人遗体的焚尸场上火化。

不久前,一些"爱国者"大肆宣扬,印度教包含的宽仁、热爱世界和热情好客,使之优于其他宗教。我们不知道什么煞星作祟,最近招来一段可悲的时光,使我国的知识分子坦然承认,印度教残酷而狭隘,极端仇视侨民。

常言道:嘉宾光临是神的意志。但随着时间的推移,我们的民俗竟变得如此偏狭,如此丑陋;异域异族的高尚的人来到印度,真诚希望与我们友好相处,但印度教家庭却不爽快而亲热地给他安身之地,内心深处把他当作门口的一条狗,恨不得立刻把他轰走;这种对外国人的不人道的憎恨,难道不是我们抹不掉的污点的根由?最后,连印度的焚尸场也要将外国人拒之门外?外国人活着的时候进不了我们的住所,死了也无权在印度的焚尸场火化?

假如印度的教典明文规定不许火化外国人,我们只得为教典感到羞耻,无奈地保持沉默。教典中没有这样的条文,我们就不能说,打着宗教的幌子,煽动排外情绪,毫无道理地点燃仇恨之火,能为印度教社会带来什么好处!

焚尸场是割断尘缘的圣地,那儿没有意见分歧,没有宗教和民族的差异；小人物，大人物，富翁，穷人，本国人，外国人，全在一撮骨灰中得到同样的归宿。印度教的出家人走进焚尸场，认为它不受社会制约，是悠悠岁月永洁的体现。

在那超越时空沉入冥想的无欲的墓地，对其他民族的仇恨，难道也毫无顾忌地一面蹦跳一面哗哗地挥舞本民族报刊的胜利的小旗？

印度众多的神祇中，死神不歧视任何民族。我们听说冥想的大神公平对待所有民族。但如今在他们的游乐地——焚尸场，卑劣的卫兵开始验尸，查明尸体属于哪个民族。这样做是为增加宗教的光荣，还是宣泄狭隘的心胸中拙劣的仇外情绪？

忠厚的赫玛尔克伦先生，怀着一腔友情和信任，来到遥远的印度，走到孟加拉人中间。他总担心鲁莽地走进谁家里会给人带来不快，担心不自觉地惹人恼怒，时时处处小心谨慎。这位善良本分的先生不曾损害谁的利益，而为其他民族的教徒献出了自己的生命。他未能实现他的宏愿，我无意请国人对他表示感激，但对英年早逝的外国友人进行充满敌意的冷酷的贬损，难道不应该加以制止？

受命运驱使的外国人，如果别离亲人，走到我们的门前，不管他是哪个民族的儿子，也不管他信奉什么宗教，孟加拉大地难道不应心怀母爱，在宽广的慈怀里给他一席之地？在他过早去世之后，在一切忌恨的死灭之地——焚尸场上，还要对他恨之入骨？这种冷酷无情的野蛮，产生于好客的印度教的本性？抑或仅是堕落的民族的心理变态？

年轻的赫玛尔克伦先生临终时对神圣的雅利安的土地提出了太高的要求？他祈求我们温柔的抚摸？还是希望得到我们并不昂贵的情谊？他不曾期望在婆罗门家里获得位置，不曾奢望与贵族的小姐结婚，不曾企盼富翁权贵的恩赏。他从瑞典的北部省份来到加尔各答那"哈利塔姆"等低微的种姓人的葬礼不被禁止的焚尸场，只希望得到火化的权利。

唉，外国人，你对孟加拉土地怀着盲目的信任，在这片土地上，你太"不自量力"了！不管你心中对它多么热爱，对它多么尊重，在焚身殉情和死了焚烧的焚尸场上，生生死死，没有你的权利。

红颜知己

你从何处像梦魂飘入我的心殿?
　　　　哦,我的玉兰①!
"认识我吗?"在我不懂其语言的异域,你开了口;
我的心儿望着你吟唱:"认识,认识,我的挚友。"
多少个清晨为我熟稔的笑容披露了你的心意:
　　　　"啊,我爱你!"

你从何处像离情注入我的心坎?
　　　　哦,我的玉兰!
我于是思念黄昏丛林里淅沥的雨声、
平原上梦一般徜徉的夏日的湿风。
夜雾浥湿的幽暗里轻漾着你的心迹:
　　　　"啊,我爱你!"

你从何处像伉俪的笃爱来到我面前?
　　　　哦,我的玉兰!

---

① 指阿根廷女作家奥坎波。1924 年,泰戈尔应秘鲁政府的邀请,前去参加秘鲁独立一百周年庆祝活动。乘船横渡大西洋时病倒,不得不在布宜诺斯艾利斯下船治疗,在才气横溢的奥坎波家中居住五十余天。奥坎波热情而周到地照顾他疗养,称他是她"光明的客人"、"爱的客人",委婉地对他倾诉了相爱之意。

我于是怀想深夜窗口闪烁的灯光，
但不快乐，满腹悲哀，泪盈眼眶。
那一夜你的花环在我的灵府表明心志：
  "啊，我爱你！"

你送给我悠悠岁月的一声长叹，
  哦，我的玉兰！
在我胸口压上跨越时代的重负——怅然眺望大路，
一次次走到门口，一次次退回沉默的孤屋。
你心中永盼的情笛吹出泪浣的真挚：
  "啊，我爱你！"

泰戈尔与奥坎波

莎士比亚

世界诗人,遥远的大洋彼岸
　　你诞生的那天,
英国的广袤大地把你搂在胸口,
　　以为你只是她的财富;
她热吻你光润的前额,
伸出森林的绿臂抱着你凝视片刻;
　　在林花盛开、芳草萋萋、
　　露水晶莹的仙女的乐园里,

莎士比亚

　　　　　用雾纱遮盖你一段时间。
　　　　岛国的林园
尚未在对诗人这轮太阳的颂曲中苏醒。
　　尔后你缓缓离别地极的暖胸，
　　受到"无限"的无声的暗示，
　　踩着纪元的阶梯，
　　　　终于登临
　　正午阳光灿烂的苍穹；
在各个方向的交叉点，
　　你辉煌了世界的心田，
　　　获得尊贵的宝座；
　　你望见时代之末
印度海岸椰子林摇曳的枝叶
　　高唱你胜利的赞歌。

中国情结

我有一个中国名字[①]

往事历历在目——
我生辰的洞房的净瓶里
盛着我采集的各国胜地的圣水。
我访问过中国,
以前不认识的东道主
在我前额的吉祥痣上写了
"你是我们的知音"。
陌生的面纱不知不觉垂落了,
心中出现永恒的人。
出乎意料的亲密
开启了欢乐的闸门。
我起了中国名字,
穿上中国服装。
我深深地体会到:
哪里有朋友,
哪里就有新生。
他送来生命的奇迹。

---

① 梁启超为泰戈尔起的中国名字是"竺震旦"。

栽种外国花卉的花园里,
怒放着陌生的鲜花——
它们有外国名字,
它们的故土离这儿很远,
在灵魂的乐园,
它们的情谊受到热烈欢迎。

泰戈尔和为其起名字的梁启超

诗赠林徽因[①]

蔚蓝的天空俯瞰
苍翠的森林,

---

① 1924年,泰戈尔访问中国,离开北京前,泰戈尔应林徽因的请求写了一首赠诗。在这首小诗中,泰戈尔把徐志摩喻为蔚蓝的天空,把林徽因喻为苍翠的森林。在泰戈尔的心目中,他们是高贵而纯洁的,但他们中间横亘着难以逾越的障碍,只能像天空和森林那样,永世遥遥相望,永世难成眷属。泰戈尔把自己比作好心的清风,清风的唶叹中流露出当不成月老的无奈和惆怅。

它们中间吹过
一阵喟叹的清风。

泰戈尔与徐志摩、林徽因

支持中国人民抗战的公开信

一

亲爱的朋友们：

你们的一个邻国极大地受惠于你们赠送的文化财富之礼，为其自身的根本利益，它本应培养与你们的友好情义，可它突然扩散从西方引进的帝国主义贪婪的盈毒的传染病；它把建造东方美好命运之厦的巨大可能性，变成了阴森的灾难。它炫耀武力的叫嚣，它滥杀无辜时的狂呼乱叫，它摧毁教育中心，它对所有人类文明准则的极度蔑视，玷污了亚洲的现代精神，而亚洲在当今时代的前沿正努力寻找自己的尊贵席位。更为不幸的是，西方某些高傲的国家，扛着它们庞大的财富，步履踉踉跄跄，怯懦地宽恕它们受到盛赞的文明的旗手们从事的沾血的政治活动，卑下地跪在肮脏的成就的祭坛上，这种肮脏的成就已经推倒了一些曾被岁月称颂的神圣人权的堡垒。

在这个道德沦丧、危机四伏的时代，我们自然而然只得期盼，曾产生两大伟人——释迦牟尼和基督的两大洲，在人类事业的整个发展过程中，面对富于邪恶的才华的人从事的无耻科学活动，仍履行其责任，继续彰显最纯洁的人格。甘地伫立在被充斥诋毁的世纪所黯淡了的历史的地平线上，在他的身上，难道没有闪现人们期待的尽责的第一束闪光？然而，日本乖谬地摈弃其美好前景和宝贵遗产——武士道，在卑劣的冒险中，给予我们的是令人极为痛心的希望破灭，日本在冒险中表面上取得的一些胜利，必将化为齑粉，并让它承载惨败的重荷。

唯一能给人慰藉的期望是，对你们国家发动的周密而凶残的侵略，将使你们英雄般地忍受的苦难具有崇高意义，它可能导致民族灵魂的新生。你们是当今世界上唯一的伟大人民，从不低三下四地赞美军事力量是什么民族精神的一种光荣特征；当同一个野兽般的军事力量以可恶的速度占领你们的国家时，我们由衷地祈祷：在这个准备证明其背叛自己最好理想的怯懦的世界上，经受了这场考验，你们能够再次证明，你们相信高尚的人拥有真正的英雄气概。即使你们一时不能单凭膂力取得胜利，你们的精神成果不会丧失，经过艰苦卓绝的斗争，胜利的种子正播入你们的心中，并将一次次证明，它是不朽的。

1938 年 6 月

二

亲爱的朋友①：

中国是伟大的。在令人难以置信的苦难和所作出的牺牲中，您每天都在证明这一点。您的人民所表现的英雄气概，是一部宏伟史诗。我确实感到，不管发生什么，在人类奋斗的精神领域，您的胜利将永放光芒。

1939 年 12 月 26 日

---

① 指蒋介石。

在欢迎画家徐悲鸿仪式上的讲话

我们在这儿热烈欢迎您,将您视为伟大的中国文化的使者;您来到印度,给我们带来了心灵同情的礼物,正是心灵同情,几个世纪之前,使我们古代的人民团结一致。中国和印度,同样沐浴着伟大复兴的曙光,即使在政治变革的岁月,也闪耀着两国对友好情谊记忆的光芒。

泰戈尔与徐悲鸿

真正的文明的重生,不是来自对那种造成隔阂和破坏的权力的拼死追逐,而是来自内心情感的表露,这样的表露是高尚而常新的,它使邻国走到一起,进行人类带有风险的伟大探索。

1957年周恩来总理访问泰戈尔创办的国际大学中国学院

在这儿的圣蒂尼克坦,我们尽力保持彼此心灵的理解,由理想导引的全部工作,与为人类服务密切相连,我们相信,它应由亚洲献给文明。您走到我们中间,您带来的艺术眼光,带来的对真实的热切呼唤,必将战胜对环境的粗暴侵扰;您的访问,将加强我们的力量,促使我们的努力更加接近成功。怀着极其喜悦的心情,我期待我们两个邻国的大地上出现一个温暖的时代,期待东方的历史力量坚定地宣告,它将保护我们大家不被蔓延的黑暗所笼罩。

1940 年 2 月

和爱因斯坦的世纪对话

1930年7月14日,泰戈尔由友人孟德尔博士引领,在柏林郊区的卡普特爱因斯坦的寓所,拜访了爱因斯坦。此后,爱因斯坦在门德尔的住所,回访了泰戈尔。两人的谈话记录如下。

一

爱因斯坦:您相信神明和世界是分离的吗?

泰戈尔:我认为是不分离的。人类无数的个体存在,与大千世界浑然一体。没有一样东西,不和人类交融,这就说明,大千世界的真实,就是人类的真实。我曾引用一个科学事实来诠释我的看法——物质由质子与电子构成,二者之间有间隙,但物体依然是坚实的。同样,人类是由个体组成的,可他们之间有着彼此关联的人际关系,它使人类世界呈现为充满活力的整体。同样的方式,把整个大千世界和我们联系在一起,这是一个人类的大千世界。我这种观点,是通过对艺术、文学和宗教的感悟逐渐形成的。

泰戈尔与爱因斯坦

爱因斯坦:关于大千世界的本性,有两种不同的观点。一,作为一个整体,世界依赖于人类。二,作为一个真实,世界是不依赖人类要素的。

泰戈尔：当我们的大千世界与人类和谐相处时，我们认定，"永恒者①"，是一个真实，我们感到它就是"美"。

爱因斯坦：这纯粹是人类对大千世界的认识。

泰戈尔：不可能有别的认识。这个世界是人类的世界——关于它的科学观点，也就是有科学眼光的人的观点。某种理性和欣赏的标准赋予了它真实性，那也是"永恒之人"的标准，他的经验，是通过我们的经验获得的。

爱因斯坦：这是对人类存在的认识。

泰戈尔：是的，是一个恒久的存在。我们必须通过我们的激情和活动来认识它。我们认识的"至上者"，透过我们的"有限"，就不再有他的"有限"了。科学关乎那些不局限于个体的东西；它是超乎个体的、真实的人类世界。宗教认识到这些真实，并把它们与我们的深层需求联系起来；我们个人对真实的感悟，赢得了普遍意义。宗教寻求真实的价值，而我们通过与至美和谐相处，认知作为至美的真实。

爱因斯坦：嗯，真实，还有"美"，难道不与人分开吗？

泰戈尔：不分开！

爱因斯坦：我乐意接受的，是您对"美"的看法，而不是对真实的看法。

泰戈尔：为何不接受呢？真实是由人感悟的。

爱因斯坦：我无从证明我的想法是对的，可这是我信奉的宗教。

泰戈尔："美"在追寻完美和谐的理想之中，完美和谐在万物之中；而真实在所有心灵的完美理解之中。通过我们自己的挫折、错误，通过我们积累的经验，通过我们闪光的感悟，我们渐渐接近真实——若不这样，我们怎能认识真实呢？

爱因斯坦：我无法从科学的角度证明被想象为与人类存在分离的真实；不过对此坚信不疑。我相信，比如，几何中的勾股定理大致是真实

---

① 永恒者和下面的至上者、无处不在者，指印度神话中的创造大神梵天。

的，与人类存在是分离的。总之，如果有一种游离人类的本真，那也一定有与之联结的实实在在的纽带；同样，对前者的否定，也会导致对后者存在的否定。

泰戈尔：与万物维系的真实，本质上肯定是属于人类的，否则，我们感知的任何实实在在的东西，不可能被称为实物——至少，科学中被描述的真实；初码应用逻辑推理触及的真实，换句话说，初码思绪触及的真实，是属于人类的。按照印度的哲学，"梵天"，是绝对真实，"梵天"是不可能被离群索居的人在心里想象到的，也不可能用文字描述他，"梵天"只能被完全融入他的无限之中的个人所感知。但这样的真实，不可能属于科学。我们讨论的真实的自然，是一种表象——也就是说，它真实地闪现在人们的脑际，所以，它是属于人类的，也许，它可以被称为"幻象"。

爱因斯坦：那么根据您的观点，也许也是印度的观点，它不是个人的"幻象"，总体上它是人类的"幻象"。

泰戈尔：在科学领域，我们不断消除我们个人思想的局限性，渐渐理解的真实，就在"无处不在者"的心中。

爱因斯坦：我们的问题是，真实和我们的意识是否是分离的？

泰戈尔：我们所说的真实，在现实的主体和客体之间的充分和谐之中，两者均属于"至上者"。

爱因斯坦：即使是在日常生活中，从我们使用的物品，我们也切实感到与人分离的真实性。我们是合乎情理地结合感官的经验，得出这个结论的。比如说，如果没有人在这间屋子里，可那张桌子照样在原来的位置。

泰戈尔：是的，它在个人的感知之外，但它不在"无处不在者"的感知之外。我察觉的桌子，当然是可以被我拥有的同一种知觉[①]所察

[①] 泰戈尔的宗教观是梵我合一，神人合一，这儿"同一种知觉"指他和"无处不在者"，即梵天共有的知觉。

觉到的。

爱因斯坦：关于与人类分离的真实存在，我们自然而然产生的观点，是无从解释或证明的，但这是一种信念，任何人——甚至元初的人，没有不抱这种信念的。我们把一种超人的客观当作真实；这对我们来说，是必不可少的；这样的真实，与我们存在，与我们的经验，与我们的思想，是分开的——尽管我们说不清楚，它是什么意思。

泰戈尔：科学已经证明，作为坚实的物体，桌子是个表象，所以，假如人心是虚无的话，人心察觉到的像一张桌子的东西，就是不存在的。同时，必须承认的事实是，桌子的基本物理真实，不过是包含电能的无数分散的旋转中心的聚集体而已，它也是属于人心的。

在对真实的理解方面，"无处不在者的思想"和分散于个人中的同样的思想之间，有一种恒久的对立。两者持续不断的调和过程，由我们的科学，我们的哲学，我们的伦理承载。在任何情形下，假如有与人绝对无关的真实，那么，对我们来说，它就是绝对的空虚。

想象这样一种心灵是不难的，对它来说，一样样东西仅出现在时光里，而不是在空间，就像歌曲中一个个音符。对于这样的心灵来说，它对真实的理解，类似于歌曲的真实，其间，勾股定理没有任何意义。一张纸的真实，与文学的真实，相差十万八千里。对于啃吃纸的蛾子的心灵来说，文学绝对是空虚，然而对人的心灵来说，文学有着比纸大得多的真实价值。同样，假如某些真实，在感觉上，在理性上，与人心没有联系，那么，只要我们人存在，它们就只能是虚无了。

爱因斯坦：看来，我信教的程度要比您更深一些①。

泰戈尔：我的宗教在"至高无上者"的调和中间，在"无处不在者"的精神之中，在我个人的存在之中。这是我《希伯特演讲》的主题，这本书的书名叫《人的宗教》。

---

① 爱因斯坦的宗教观是神人分离。

二

泰戈尔：今天我和孟德尔博士讨论了数学的新发现，这项发现告诉我们，在微小原子的领域，进行着它的游戏；存在之戏，在本质上，绝对不是一成不变的。

爱因斯坦：引领科学趋于这种看法的事实，并未对"因果关系"道一声"再见"。

泰戈尔：也许没有，但关于因果关系的想法，似乎并非源自分子，而是其他某些力量，用它们构作一个有序的宇宙。

爱因斯坦：有人试图在更高的层面上去探究，到底有怎样的规则。规则所在之处，大的分子聚合，决定存在方向，但在微小的分子中，这样的规则不易察觉。

泰戈尔：这样的二象性，在实物的深处，自由的冲力和定向的意愿的矛盾对它起作用，形成物体的井然有序的结构。

爱因斯坦：现代物理不会说，它们是矛盾的。从远处看，云朵是一个整体，但你如果在近处看，就发现它是由一滴滴无序的水珠凝聚而成的。

泰戈尔：我发现人类心理学中有类似的情况，我们的激情和欲望是不肯受约束的，但我们的意志将这些元素置于一个和谐的整体之中。在物理世界中，也有类似的情况发生吗？这些分子因各自的冲动而处于反叛的动态？物理世界中，是否有一条规则能控制它们，并把他们置于有序的结构之中？

爱因斯坦：分子并非没有排列秩序；镭分子总是保持着特有的排列秩序，现在和将来，都和它们以前的所作所为是一样的。在分子中，确实是有排列秩序的。

泰戈尔：若不如此，存在之戏就太杂乱无章了。是常有的和谐机会和决心，使它们永远鲜活，充满活力。

爱因斯坦：我相信，不管我们做什么，也不管我活着为什么，都有前因后果；这很好，然而，我们不能看透这一点。

泰戈尔：在人们的日常事务中，也有一种富于弹性的因素——在较小范围内的某些自由，是为了让我们显示个性。这如同印度的音乐体系，它不像西方音乐那样有严格的规定。印度作曲家提供某种明确的轮廓——曲调和韵律的总体规范，在一定的范围内，演奏者可以随意演奏。他必须遵守特殊曲调的规则，之后在确定的规则之内，自由发挥，抒发他的音乐感受。我们赞赏作曲家在构建与曲调结构相一致的某种基础方面的才华，但我们期望演奏者依凭自己的技巧，创作装饰性的变调。我们在创作上遵循客观事物的核心规则，只要我们不游离它，我们在个性的界限内，就有充分自由，完全展现自己。

爱因斯坦：只有当音乐的强大艺术传统，去引领人们的情绪时，这才是可能的。在欧洲，音乐已远离流行艺术和公众情感，变成一种神秘艺术，紧抱着自己的格式和传统。

泰戈尔：所以，你不得不完全接受这过于复杂的音乐。在印度，歌手的自由的尺度，在就他创造性的个性之中。他可以把作曲家的歌曲当作自己的歌曲演唱，如果让他唱一首歌，他确有能力通过诠释曲调的一般规则，创造性地展现自己的话。

爱因斯坦：这需要很高的艺术水准，充分理解原创歌曲的崇高旨意，之后，才能随意发挥。在我们国家，音乐变化常常是受限制的。

泰戈尔：我们只要在艺术处理上遵循追求完美的原则，就能有表现自我的真正自由。艺术处理的原则摆着那儿，但性格使之变得真切，使之别具个性，这是我们的创造。我们音乐的二元性，指的就是自由和限制的规则。

爱因斯坦：印度歌曲的歌词也自由吗？我的意思是说，歌手可以自由地把自己的词汇加进他唱的歌吗？

泰戈尔：可以的，在孟加拉，我们有一种叫做吉尔坦的颂歌，允许歌手添加与内容有关的评论和原创歌曲中没有的短语。歌手抒发的内心的美妙情感，使听众许久激动不已，形成极为热烈的氛围。

爱因斯坦：格律形式十分严谨么？

泰戈尔：是的，非常严谨。你不能越过韵律的界线；歌手的标新立异，只能在规定的韵律和时间之内。在欧洲音乐中，你们不是在曲调上而是在时间上拥有较多的自由，可我们恰恰相反。

爱因斯坦：印度唱的歌曲可以没有歌词吗？没有歌词，别人能听懂吗？

泰戈尔：可以。我们有些歌曲的歌词是没有意思的。乐音作为曲调的载体，协助表演。在南印度，和孟加拉一样，音乐是自由的艺术，不是用以阐明词义和思想的。这种音乐复杂而精妙，是由曲调构成的一个完整的世界。

爱因斯坦：它不是复调音乐？

泰戈尔：使用乐器，不是为和声，而是为了确保一定的时间，加强音量和深度。在你们的音乐中，曲调受到过强的和声的挤压吗？

爱因斯坦：有时挤压得很厉害。有时候和声完全淹没曲调。

泰戈尔：曲调和和声，如同画作的线条和颜色。一幅简洁的素描，也许是完美的；涂上颜色，可能使之模糊不清，毫无意义。不过，只要颜色不遮盖或损害线条的价值，两者的有机结合，可能成为佳作。

爱因斯坦：这是个美妙的比喻；线条其实也比颜色年长。看来你们的曲调在结构上比我们的曲调要丰富得多。日本的音乐好像也是如此。

泰戈尔：分析东方和西方的音乐对我们心灵的影响，是困难的。我被西方音乐深深地打动——我觉得西方音乐是美妙的，它结构宏大，曲目繁复。印度音乐更深地打动我，靠的是其基本的抒情魅力。欧洲音乐本质上是史诗；它有宏阔的背景，结构好像是尖拱式建筑。

爱因斯坦：是啊，千真万确。你是什么时候第一次听到欧洲音乐的？

泰戈尔：十七岁那年。我第一次来到欧洲，对它有了直接了解。不过在那之前，我在我们家里听过欧洲音乐。早年我听过肖邦等作曲家的作品。

爱因斯坦：我们习惯于听自己的音乐，所以，有一个问题，我们欧洲人不能恰切地回答。我们想知道，我们的音乐是否蕴含恒久的或者基本的人类感情，去感受和谐的音韵和不和谐的音韵，或者去感受我们接受的老一套东西，是否是很自然的事儿。

泰戈尔：不管怎么说，钢琴演奏使我的心灵受到震撼，而小提琴演奏给我更多的是愉悦。

爱因斯坦：研究欧洲音乐对一个从未听过欧洲音乐的年轻印度人的影响，是件有趣的事儿。

泰戈尔：我曾经请一个英国作曲家为我分析几支经典乐曲，为我解释，是哪些要素构成宁静之美。

爱因斯坦：困难在于，不管是东方的还是西方的，真正的优秀乐曲，是不可能分析透彻的。

泰戈尔：是啊，但凡深刻影响听众的东西，都躲在他们的身后。

爱因斯坦：不管是在欧洲还是在亚洲，关于所有基本的东西，同样存在的不确定因素，总是在我们的经验之中，在我们对艺术的反应之中。甚至我看见我面前你桌子上的红花，对你或对我来说，也是不一样的。

泰戈尔：所以说，个人体验和普遍的艺术标准这两者之间，有一个逐渐接近，最后完全一致的过程。

七旬回眸[①]

我首次睁开眼睛看到的祖宅非常安静,仿佛在远离市井的郊区,上面的天空没有被邻里的房屋和喧嚷紧紧地捆住。

在我出生之前,我的家庭之舟已经提起沉重的社会的铁锚,行驶到了传统的港湾外面,停泊的地方,礼仪、教规淡化到了不能再淡化的程度。

我家有一幢面积可观的旧式楼房,门口墙上挂着破旧的盾牌、长矛和锈迹斑斑的腰刀,楼内有祈祷室,三四个庭院,内宅连着一座花园。幽暗的水房里,几只大水缸盛满一家人饮用的恒河水。过去逢年过节,楼里张灯结彩,演奏音乐。我不曾获得追怀那种盛况的资格。我呱呱坠地之时,旧时代已向我家告别;新时代新来乍到,它的家具尚未运来。

如同本国社会生活之流退离了我的家庭,祖产的潮水也业已退落。祖父的财产的一盏华灯一度火焰明亮,在我降生之时,只剩下燃烧后的黑渍、烟灰和一缕摇颤不定的微弱火苗了。奢华的昔年用以娱乐享受的器具,只有几件丢在墙角,破烂不堪,蒙上厚尘,值不了几个钱。我不曾降生在荣华富贵里,也不曾降生在对荣华富贵的怀念中。

我清静的家庭里自然而然形成的特点,宛如望不见大陆的孤岛上树木和动物的特性。我们一家人所操的语言别具一格,加尔各答人称之为泰戈尔家族语言。男男女女的服装、举止也与众不同。

当时,有教养的社会阶层把孟加拉语幽禁在女性居住的内宅;客厅里与客人交谈,教学,写信,一律使用英语。我家未发生这样的变态行

[①] 本篇为泰戈尔在他诞生70周年纪念会上所作的讲话。

为，对孟加拉语的钟爱极为深挚，凡事都讲孟加拉语。

我家返璞归真的努力是值得一提的。钻研《奥义书》，使我的家庭与世前时期的印度建立起密切联系。孩童时代，我几乎每天以纯正的发音朗读《奥义书》的诗行。由此可以明白：孟加拉地区风行的宗教冲动情绪为什么没有渗入我家。先父倡导的是在宁静的气氛中进行祈祷。

这是家庭生活的一个方面。另一方面，英国文学曾给我的长辈带来许多欢乐。品尝莎士比亚的戏剧趣味，活跃了我家的气氛。华尔特·司各脱①对他们的影响也很大。孟加拉当时还未掀起如火如荼的爱国运动。郎迦拉尔②的诗作《没有独立谁愿意活着》，赫姆·昌德拉③的名作《两亿人的生息之地》，唱出盼望祖国独立的心声，听似晨鸟的啼鸣。对在庙会上举行文艺活动的倡议和组织工作，我们一家人表示了极大的热情，但唱主角的是纳迦库帕尔·米特拉。我二哥为此特意创作了歌曲《胜利属于印度》，堂兄卡纳写了《羞怯如何歌唱印度的光荣》，大哥写了《印度，你明月般的面庞蒙上了灰尘》。五哥乔迪宾德拉纳特筹建了一个秘密团体，经常在废弃的旧屋开会。会场上摆着《梨俱吠陀》、其他典籍和死人的头盖骨，祭司是拉贾那腊衍·巴苏④。我们在那儿接受了拯救印度的启蒙教育。

志士仁人的理想、热情、行动未曾一股脑儿地强迫我们接受。它们的影响是通过平常的活动，一点一滴往我们心里灌输的。帝国政府的军警或许是对此缺乏警惕，或许是觉得不屑一顾，总之未来打破秘密团体成员的脑门，扼杀他们的志趣。

当时，加尔各答胸脯上尚未铺满石头，保持着相当多的天然本色。工厂的黑烟没有熏黑蓝天的明净面孔，房屋之林的缝隙里，池塘水面上

---

① 华尔特·司各特（1771—1832）系苏格兰诗人及小说家。
② 郎迦拉尔（1748—1827）是孟加拉诗人。
③ 赫姆·昌德拉（1839—1918）是孟加拉诗人。
④ 拉贾那腊衍·巴苏（1829—1900）是梵社成员、孟加拉教育家、

阳光熠熠闪烁。下午，菩提树伸长身影，椰子树临风摇曳，恒河水通过石砌的沟渠，清泉般流入我家南花园的池塘。胡同里轿夫"嗨唷嗨唷"的号子声和马路上马车夫的吆喝声，不时传到耳中。傍晚点亮油灯，铺张草席，我们在昏黄的灯光里听年老的女佣人讲神话故事。在安静的屋子里，坐在角落里的我，腼腆、文静、憨实。

我落落寡合的另一个原因是，我经常旷课，惧怕考试，考试经常不及格；老师对我的前途非常悲观。我的神思像个流浪汉，在教室外面的广阔天地里游荡。

在这以前，一个偶然的机会，我发现一些普通的人用普通的笔写的有节奏的押韵的儿歌，被称为诗作。当时读者一看见写儿歌的作者，钦佩之情油然而生。时过境迁，如今连儿歌也不会写的，也有被吹捧为文坛新秀的。在"波雅尔"、"特里波迪"等诗体的领域，我有了自由行动的权利，以不倦的兴致埋头于写作。我在书房的一隅，进行组装、拆卸格律的游戏，用六个字母、八个字母、十个字母拼凑各种各样的字组。最后，我的处女作送到了大人面前。

且不管起初的尝试之作达到怎样的水平，要紧的是它们出于这样一位少年之手——他平常孤单无伴，一个人在心里做游戏。他处于社会和学校的约束之外；家里对他的管教也很松。父亲在喜马拉雅山隐居，家中凡事由兄长做主处理。

我最敬佩的五哥乔迪宾德拉纳特从不给我戴上家教的桎梏。我像同龄人似的和他争论，磋商文学创作的有关问题。他尊重我这个年幼的弟弟，开阔我的胸襟，促使我的身心健康发展。他若蛮不讲理、独断专横地管教我，我恐怕塑模成了另一副模样，深得上层文明社会的赏识，而不是今天的我了。

我起初采用不合规范的韵律狂飙般地创作参差不齐的诗句，靠杂乱幼稚的词汇堆砌，抒发飘忽的情思。这种悖逆诗学的倾向，是孤独少年的骨髓里培养出来的，里面蕴藏着大量危险。但我并未由此而夭折。原因是当时孟加拉文坛的名誉市场不太拥挤，竞争尚未达到白热化的程度。批评家手执板子，进行不客气的恼人的敲打，但文苑里冷嘲热讽、诋毁中伤的火焰还没有燃烧起来。

为数不多的文学家中间，我年纪最小，文化程度最低。我写的诗歌不受格律限制，不明确的字眼使内容显得晦涩，处处露出语言和构思的不成熟。其他文学家的讲话、文章里几乎从不对我加以扶植，谈到我往往是含糊期其词地说一两句，随后一笑了之。那笑绝不含贬意，绝不是贬值的贸易的一部分。他们的评论文章中有训导，而无丝毫的不尊重。某些段落流露出不悦，但绝无厌恶情绪。所以虽说缺乏鼓励，我仍可不落窠臼，沿着自己的路子写下去。

文学生涯的第一阶段，就是这样默默无闻地轻松地度过的。我一直处在自然的厚爱和亲人爱护的凉荫里。有时无事可做，爬上三楼凉台，在心里用仙花编织花环；有时坐在卡吉普尔一株老楝树下，谛听井水凄清地流入果园，将奇妙的思绪融入想象，送到不远的恒河水流里漂放。那些日子，我不认为应该走上宽阔的街道，自己心灵的光影才有可能被他人心灵的胳膊肘碰撞。

后来，名气把我拽入袒露无遗的晌午的阳光下，气温越来越高，屋隅里我的安乐窝终于彻底毁坏。大概是天命吧，驰誉文坛的同时，我得到的烦恼比其他名人多得多。没有第二个文学家像我似的忍受了那么冷酷、那么长久、那么肆无忌惮、那么不可抵挡的风言风语。然而，这也是衡量我名誉的尺度。我敢说，不利环境的考验中，命运捉弄了我，但未以失败的沮丧羞辱我。此外，煞星垂挂的黑幕上，明晰地闪现了我友人的温和面孔，他们的人数不少。

果实即将从茎梗垂落的季节，已经进入我的生活。完全接受这个季节，需要外界和内心的宁谧。而这样的宁谧，每每在荣辱得失的矛盾中遭到破坏。

诗人的创造若是真实，真实的光荣寓于创造之中，而不在人们的首肯之中。作品不被人接受是常有的事，那样会影响书市的价格，但不会降低真实的价值。

绽放是花儿的最高荣誉。爱花的是胜利者,花儿的胜利在于盛开。"美"的中间隐藏着不可把握的、甘美而神秘的真实,与我们的灵魂保持着无可描述的联系。我们对它的感知是甜蜜、凝重而明亮的。我们内心世界的人成长起来,富于色彩和情感。我们的躯壳在色彩和情感中与之融为一体——这叫作爱。

诗人的工作是以"爱"亢奋人的知觉,把人从蒙昧中唤醒。胸怀宽广,目光深邃,拥有隽永、高洁、自由,时时处处拥抱人的心灵的诗人,被誉为大诗人。世世代代,各国文学艺术的宝库里,创造并储存着爱的财富。世界上一个国家的群众爱戴哪一个人,浏览一下这个国家的文学作品,便一清二楚了,爱是评判人的标准。

70 岁的泰戈尔

我已经抵达人生旅途的最后一站。我希望,想要对我有所了解的人,目前起码已经知道,我不曾出生在衰朽的世界,我看到的一切,未使我的双目感到疲倦,我没有发现奇迹的末端。无始往昔的未闻的福音,环围着世界,对着无尽未来轰响,激起我心魂的共鸣,我仿佛千秋万世聆听过这宇宙的梵音。季节的天使以奇丽的色彩装点太阳系边缘微小的绿色地球,我的心沐浴着灌顶大礼的圣水,一向毫不懈怠地参加这爱抚的仪式。每日迎着朝霞,踏着暮色,我静立着,品味着《奥义书》的诗行:你富丽的形象,映入我的眼帘。我努力感知的宏大的存在①,以亲缘的纽带维系万物。他的欢悦中,古今显露的无数形象,使我的心喜不自禁说道:天地间翻涌着生命的浪涛。无关紧

---

① 指创造大神梵天。

要的物象，也兴奋地吸引我们。富于这奇迹的奥义的他①，在人心里完美着人，我们因而不嘲讽甘愿受苦的牺牲精神是自杀的疯狂。

我父亲领悟的《奥义书》的第一句诗行，一次次充填新的含义，在我的脑际萦绕。我一次次对自己说："为收下自行来到你身边的东西而高兴吧！"永不脱离你周围的环境，切莫好高骛远，这对于诗歌创作至关重要。欲望像蜘蛛的丝网，缠住谁，谁必然疲惫、衰颓。因为欲望使他脱离整个社会，把他限制在它窄小的界限内，不多时像落花一样凋枯。高尚的文学，救艺术享受于贪婪，救美于卑污，救灵魂于功利主义的樊笼。色欲驱使魔王罗波那将悉多囚禁在深宫②。罗摩的挚爱容悉多自由地住在森林中的茅屋里，显露她的真貌。在爱情面前，人体美妙绝伦；在色欲面前，人体是一堆肉。

我在人生不同阶段的不同条件下从事文学创作。小时候开始写作时，自己不认识自己。我的作品肯定掺有应该删除的杂芜。我希望，剔除糟粕，剩下的精华响亮地宣告：我爱人世，我追求高尚，我企求在至善面前自我奉献的自由；我坚信时时与平民息息相通的伟人具有人的真实。我跨越始于儿时的执著的文学探索的界线，尽量为那伟人收集劳作的供养和牺牲的祭品，在身外或许受到阻挠，在内心却一向顺利。我来到地球这个圣地，这里所有国家、民族和流年的中心端坐着民神。我的骄傲在他祭坛下的幽暗处。我至今为消除等级观念作艰苦的努力。

如果我最幽秘的性格本相和求索超越了我的一切平庸，表露在我的作品里，散布了欢愉，那我期望得到的回报是敬重，仅此而已。愿此话铭记在我心头：我赢得许多人的真诚友情，尽管我有这样那样的缺点，他们了解我的一生，了解我的理想、我的收获、我的给予，了解我并不完美的一生中不间断的奋斗目标。

---

① 指梵天，作者认为梵天无处不在。

② 典出史诗《罗摩衍那》，王子罗摩被流放，与妻子悉多在森林中居住14年。悉多曾被魔王罗波那劫走。

夕阳感悟

一

火花奋翼，
赢得瞬间的韵律，
满心喜悦，
在飞翔中熄灭。

二

阳光的骄傲
洒遍九天，
在草叶上
一滴朝露里
发现了自己的极限。

三

不管横架云天的彩虹
多么宏丽，
我还是喜欢我国土上
蛱蝶的纤翼。

四

爱情的欢愉
　　　只有几瞬，
爱情的痛苦
　　　伴随终生。

五

我不能选择最佳。是最佳选择了我。

六

小草啊，你的步子虽小，但你拥有你步履下的土地。

不管彩虹多么宏丽

七

我们最谦逊的时候,离伟大最近

八

鸟翼系了黄金,鸟儿就不能在天空飞翔了

九

我登上顶峰,发现名誉的贫瘠荒凉的高处,没有我的栖身之所。我的向导啊,日光消失之前,引导我进入宁静的山谷,让我人生的收获在那儿成熟为金色的智慧。

十

哦,大千世界,我去世时,把"我已爱过"这句话,存放在你的沉默中吧。

跨进八十岁的门槛

跨进八十岁的门槛之时,
　　心中涌出惊喜——
亿万星球的火瀑的光的洪流
　　以不可思议的速度
　　无声地漫过茫茫太虚,
　　　奔向四面八方,
　　我突兀出现在无涯的暗空,
像绵绵不绝的世纪的历史上
　　无限创造的祭坛前
　　　一瞬间闪耀的火花。
　　我来自的那个世界里,
从海底浮起的原生质经历万劫,
　　在"僵凝"的宏大的怀抱里
　　　衍化为千姿百态的形象。
黄昏的阴影融合不完整的实体的梦幻,
　　长期遮蔽动物世界;
不知受益于谁的殷切期待,
　　无数个昼夜耗尽之后,
人类缓步走进生命的乐园;
　　一盏盏新灯点亮,
　　声籁获得新的含义;
　　凭借神奇的光华,

跨进八十岁的门槛

人类望见绚烂的未来的面目,
　在地球的一幕幕戏中,
有意识地慢慢地表现自己——
　我为演戏的演员们化装。
我的任务是呼吁揭开帷幕,
　这是我创造的最大奇迹。
　这光辉灿烂的地球,
　　这灵魂的乐园,
　偕同天空、霞光、长风,
　偕同平原、山脉、海浪,
怀着充满奥秘的决心围绕太阳旋转。
　八十年前,
　我系着那奥秘的彩带走来,
　　几年后归去。

跨进八十岁门槛的泰戈尔

文明的危机①

今天我八十岁了，我眼前呈现人生的广阔领域。我目光淡然地从一端望见最前的地平线上生活起步的情景。我感到我的人生历程和整个国家的思想轨迹断为两截，断裂自有其痛楚的缘由。

我们直接通往伟大的人类世界的桥梁，是当时的英国历史。印度的这位外来者，伫立在神圣的文学峰巅上，我们的切身感受中，它的真相逐渐暴露出来。当时，我们缺少寻求知识所需要的不同来源的足够川资。现在，传授各种知识的中心以不断更新的方式揭示世界的本质和其力量的奥秘，那些知识的大部分当时是鲜为人知的。自然科学的专家堪称凤毛麟角。通过英语熟悉和欣赏英语文学作品，是高雅情趣和博学多才的标志。日日夜夜，到处回荡着鲍尔克②式的辩辞和麦考莱③式的抑扬顿挫的语调；热烈探讨莎士比亚的戏剧，拜伦的诗歌，以及政界名人的胜利宣言。诚然，我们开始探索祖国独立的道路，但心里总相信英国的开明。那种信念是如此坚定，以至于我们的先驱们一度认为，失败民族的独立之路，会因征服民族的仁慈而变得宽广。产生那种信念的背景是，英国曾经有过被压迫民族的庇护所，有过为民族尊严献身的志士仁人的尊贵席位。我在接触过的英国人的品行中，看到人类友谊的纯真，因此怀着由衷的敬意，让他们坐在我珍贵的心座上。当时，帝国的疯狂尚未玷污英国人本性的友善。

---

① 本篇系泰戈尔写的最后一篇重要文章，三个月后，作者与世长辞。
② 鲍尔克（1729—1797）系英国政治家、演说家。
③ 麦考莱（1800—1859）系英国历史学家、作家和政治家。

少年时代我曾在英国学习，在议会内外的会议上听过约翰·白莱特的演讲。我从中听到了英国人隽永的心声。那演讲中昭示的宽广胸怀，超越一切民族的狭隘界限，影响深远，我至今记忆犹新。在"至美"迷途的今天，我依然珍藏着当年的回忆。

依靠别人固然不是光荣的事，然而，在阅历尚浅的年月里，我们看到的人性的崇高形象，哪怕是在外国人身上表现出来的，也敬重地毫不迟疑地接受了，这还是值得称道的。其原因在于，人最美好的东西，不可能囿于某个狭隘民族的范围内，绝不是守财奴关闭的库房里的财物。所以，我从中汲取了营养的英国文学的胜利号音，至今在我心田回响。

我刚踏上人生旅途的时候，受过英国教育的知识分子心里，正蔓延着反叛外在礼教的情绪。只要读一读罗贾纳拉扬①先生撰写的有关教育现状的文章，就能明白这一点了。我们糅合文明理想和英格兰民族特性，用以取代善行。在我们的家庭中，无论是宗教观点、社交方式，还是理性的家教等方面，这种嬗变被全盘接受了。我就是在那样的文化氛围中出生的。我们天性的文学爱好，合乎情理地把英国人扶坐在高位上。这是我人生的第一阶段。之后，出现了异常痛苦的隔阂。我时常发现，承认文明是从心灵之泉喷涌出来的一些人，为欲望所驱使，肆意破坏文明。

有一天，我冲破意蕴深厚的文学作品的包围，走到书斋外面。我面前印度民众的极端贫困是那样触目惊心。对于身心不可缺少的食品、衣服、饮用水和教育的严重匮乏，在世界上实行现代统治的任何国家，是不会出现的。而正是印度，一百多年来不得不为英国提供了大量财富。我专注地回顾文明世界的业绩的时候，无法想象打着文明旗号的人类理想会有如此悲惨的变态。最后，我察觉到，这种变态暴露了文明国家对别国亿万群众的无限冷漠和鄙夷。

---

① 罗贾纳拉扬（1826—1900）系印度教育家。

英国依仗机器动力维持其世界霸权，印度却被剥夺了充分使用机器的权力。在苏联首都莫斯科，我看见劳动群众为普及教育、提高全民的健康水平，不遗余力地工作，荡涤着辽阔的沙俄帝国的愚昧、贫穷和自卑自贱。他们的文明捐弃民族歧视，处处扩展着真挚的人际关系的影响。访问莫斯科时，苏俄出色的行政管理，令我赞叹不已。我注意到穆斯林和非穆斯林之间，没有围绕国家权力分配爆发冲突；统治制度起着真正维护双方的共同利益的作用。目前，主要是两个国家——英国和苏联，拥有对其他众多国家施加影响的国力。英国一向扼杀其他民族的斗志，使之一蹶不振。但苏联政府与沙漠地区游牧的几个穆斯林民族建立了同盟关系。我可以作证：他们从各方面强盛少数民族的努力，是始终如一的。我读了有关的书籍，见过苏联政府尽力将他们培养成合作者的事例。这种政府的影响，从任何意义上说，都不是粗暴的，不会损害人性。那儿的统治，绝非外国势力的碾压机般的可怕奴役。此外，我看到觉醒的波斯国被两个欧洲国家蹂躏的时候，千方百计增强自身的力量，终于免受欧洲的疯狂进攻的獠牙的啃啮。早先祭火教徒和穆斯林之间残酷的拼杀，已在文明统治下完全平息了。否极泰来的主要原因，是他们冲出了欧洲国家的阴谋之网。我衷心祝愿波斯国繁荣昌盛。在我们的邻邦阿富汗，教育和社会政策的意义深远的优越性尚未显露，但显露的可能性完好无损；唯一的原因，是炫耀文明的欧洲国家征服不了它。阿富汗在发展和自由之路上阔步前进。

印度胸脯上压着英国文明统治的磐石，坠入一筹莫展的停滞的困境。英国为牟取暴利，凭借武力，用鸦片毒害像中国那样幅员辽阔的文明古国，攫取中国的一部分土地。当我渐渐淡忘昔日那种悲剧的时候，又看见日本在侵吞华北。英国制定国家政策的权贵们，轻狂地把日本的强盗行径视为不足挂齿的区区小事。之后，我遥遥地望见英国玩弄花招，凿毁了西班牙共和国政府的基石；也望见一群英国人因西班牙的危境而投降。虽然英国人的慷慨在面临危亡的中国未能恰如其分地表现出来，但当我看到他们的某些英雄为维护欧洲平民的独特个性而献身时，

文明的危机

我不由地记起，我一度视英国人为人类的造福者，深信不疑地尊敬他们。

今日，我冷静地回顾了对欧洲国家的天然文明的信任逐步丧失的可悲过程。推行"文明"统治，导致印度目前最深重的灾难，印度不仅缺少食品、衣服，教育、健康水平低下，令人悲哀，印度人民中间还出现惨痛的自我分裂。类似的情形，我在印度之外的伊斯兰教国家还没有见过。我们的危险在于，只把这种灾难归咎于我们的社会。这种越来越骇人听闻的灾难，假如在远离印度统治机器的僻静的所在，不靠挑唆加以培植，那么，就不至于造成印度历史上凌辱人格的不文明局面。外国人的文明，你愿意称之为文明的话，我深知它掠夺了我们的什么珍异。它手持棍棒炮制的东西，取名为法律和秩序，是地地道道的舶来货和护门神。西方国家的文明已没有慎重对待民愤民怨的耐心，它向我们显示的是武力而不是自由的本相。实际上，人与人的关系最为珍贵，堪称真正的文明，它的悭吝，严密阻塞了印度人民发展的道路。

我个人荣幸地结识了几位心地善良的英国人。我在别国的任何教派中不曾见到他们和我的纯洁友情。他们至今把我的信任与英国维系在一起。例如查尔斯·弗里伊·安德鲁斯先生①，我有幸作为朋友，在身侧看到他是一位真正的英国人，真正的基督教徒，真正的世界公民，在死亡临近的时刻，他那无私无畏的高尚品德，放射出熠熠光辉。我和印度感谢他有多种原因，私交则更使我对他感激不尽。青年时期，在英国文学的氛围中，我全身心地表达对英国的纯净

泰戈尔与英国客籍教授皮尔逊

---

① 泰戈尔聘请的教授。

的敬意。在耄耋之年，他协助我抹掉记忆中英国的狭隘和污点。对他的怀念和英格兰民族内在的崇高灵魂，是我心空闪闪发光的北斗星。我把他们当作挚友，认为他们是所有民族的友人。他们的友情是我一生中积累的一份宝贵财富。我觉得他们能从沉船中打捞出英国的伟大，若不与他们结识，不与他们朝夕相处，我对西方国家的失望，是不会受到抗议的。

最近，在整个欧洲，野蛮张牙舞扑，散布着恐惧。折磨人类的瘟疫，在西方文明的骨髓里复活，凌辱着人类，侵染着山川平原上吹拂的和风。处于无助的密不透气的苦厄中，我们难道不曾获得预兆？

物换星移，天道无常。英国迟早要放弃印度帝国。但它留给我们的是怎样的一个印度呢？一堆可怜的贫困的垃圾？一百多年的统治之河干涸之时，宽阔泥泞的河床承托着惨不忍睹的荒凉？在人生的起点，我由衷地相信欧洲心中的宝藏是文明的贡献。可是在行将辞别人世之际，我的相信彻底破产了。

我坚信救世主即将诞生在贫穷困扰的茅屋里，我期待他走出东方的地平线，携来文明的福音，对人们作出可信的承诺。

我的人生之舟向彼岸驰去。背后的码头上，我遗留下什么？我看见了什么？是历史残剩的微不足道的文明的废墟？不错，对人类失去信心是一种罪过，一息尚存，我满怀信心。我希望一场毁灭之后，满天的愁云惨雾荡然无存，从红日东升的地平线，铺展洁净的历史篇章。不可战胜的人民踏上恢复尊严的道路，排除万难，胜利向前。

我一贯认为：断言人性的失败无可挽回、永无尽头，无异于犯罪。我留下的遗言是：证明强权者耀武扬威、暴戾恣睢并非安全的日子已经来到。未来的岁月必将证实：

> 伟人冉冉降临，
> 遍野的芳草瑟瑟喜颤。
> 天国吹响法螺，
> 胜利的锣鼓响彻人间。

伟大的诞生之日，
黑夜的城堡轰然倾塌。
莫怕！莫怕！莫怕！
在旭日喷薄的东山之巅，
这庄严响亮的呐喊
把新生活的美景展现。
胜利属于新的一代！
欢呼声回荡在明丽的蓝天。

圣蒂尼克坦
1941.5.7

泰戈尔笔下的人生

期待来世

我同意放弃文明的光芒,
我绝无成为孟加拉新时代舵手的奢望。
我可以不去英国接受
女王敕授的爵士金绶。
假如我来世投生为帕罗查①的放牛娃,
我宁可熄灭我寓所文明的光华。

帕罗查人日日在笛树②下放牛扬鞭,
帕罗查人互赠用野花编的花冠。
帕罗查人在婆羚达③树林里聚集,
谛听黑天吹响勾魂的竹笛。
帕罗查人沐浴纵入朱木那河清凉的碧流——
帕罗查人日日在笛树下放牛。

"起来吧,兄弟,天亮喽!"拂晓他们互相照应。
家家户户响起木杵搅奶的声音。
你看平原小路上奔驰的牛群
扬起彩色的烟尘。

---

① 印度神话中大神黑天的诞生地,今属北方邦。
② 黑天常在一株榕树下吹笛,此树被称为笛树。
③ 黑天牧牛处。

期待来世

你看庭院里村姑挤牛奶手脚勤敏。
"起来吧,兄弟,天亮喽!"拂晓他们互相照应。

七月的乌云遮蔽黑棕榈的枝叶,
昏暗笼罩着卡里纳迪河畔的田野。
战战兢兢的牧牛女
在渡船舱内避雨。
你看孔雀在林中展屏,翩翩起舞。
七月的乌云遮蔽一行行黑棕榈树。

早春之夜,蓝色的卡里纳迪河畔,
我们头饰羽翎,在无忧林里盘桓。
秋千的绳索系着
雅洁的迦昙波花朵。
淳朴的笛声驾南风飞上青天,
我们这些放牛娃欢聚在蓝色的卡里纳迪河畔。

啊,兄弟,我无意驾驶孟加拉新时代的航船。
我无意在暝晦的国度点燃文明的火焰。
假如在奶香缭绕的村子,
在无忧树、迦昙波的花影里,
我来世投生为牧童,在帕罗查放牛,
我欣慰不当孟加拉新时代的舵手。

一百年之后

一百年之后

一百年后读我的诗歌的读者,你是谁呀?

我不能送给你这儿富饶的春天的一朵花,也不能送给你那儿云彩的一缕金晖。

打开你的门,举目远望吧。

从你百花盛开的花园里,采撷一百年前消逝了的鲜花的芳香回忆吧。

在你内心的欢乐中,愿你感觉到一个春天的早晨歌吟的鲜活的欢乐,把它喜悦的声音,传过整整一百年。

未来出生的靓女

哦,未来的世纪中出生的靓女,原谅我,如果我骄傲地在想象中画你读我诗歌的神态,那时明月将把静默之霖洒满我诗行的空隙。

我仿佛能感觉到你的心跳,听到你的喃喃低语:"假如他今天还活着,假如我们邂逅相遇,他会爱我的。"

我知道你会自言自语:"让我仅在今夜,在我的阳台上为他点亮一盏灯吧,尽管我知道他是绝对不会来的。"

我爱过人也被人爱过

我驻足回首,悠悠往事向我涌来。
　以前舍弃的,我一一细心认辨。
我退得远远的,察看充斥我如许苦乐的世界
　　　和一些失落的东西。
吠陀诗人对心儿说:"你以你的一半创造世界,
　　你的另一半,无人知晓。"
另一半如今被挡在我人生终点的另一侧;
　我望见终点两侧延伸着的,
是两种辽远的静谧、两个宏大的一半。
　我站在中间,留下遗言——
　　我曾经有过许多痛苦,
我感到欣慰的是:我爱过人,也被人爱过。

踏上返回永久故乡的旅程

天帝，让我双手合十向你顶礼，与此同时，一切感觉在你的脚下扩展，接触大千世界。

像七月的雨云，饱含未落的雨霖缓缓下降，让我双手合十向你顶礼，与此同时，全部灵性匍匐在你的门前。

印度加尔各答数十万人送别泰戈尔

让我双手合十向你顶礼，与此同时，我所有的歌曲，聚集它们众多的调子，汇成一股洪流，流入宁静的大海。

像一行思乡的大雁，日夜飞向它们山中的巢，让我双手合十向你顶礼，与此同时，我的全部生命踏上返回永久故乡的旅程。

图书在版编目（CIP）数据

泰戈尔笔下的人生／（印）泰戈尔著；
白开元译. —北京：中央编译出版社，2015.12
ISBN 978-7-5117-2877-7

Ⅰ.①泰… Ⅱ.①泰… ②白… Ⅲ.①诗集-
印度-现代 Ⅳ.①I351.25

中国版本图书馆CIP数据核字（2015）第286423号

泰戈尔笔下的人生

出 版 人：	刘明清
出版统筹：	董　巍
责任编辑：	邓　彤
责任印制：	尹　珺
出版发行：	中央编译出版社
地　　址：	北京西城区车公庄大街乙5号鸿儒大厦B座（100044）
电　　话：	（010）52612345（总编室）　（010）52612352（编辑室）
	（010）52612316（发行部）　（010）52612317（网络销售）
	（010）52612346（馆配部）　（010）55626985（读者服务部）
传　　真：	（010）66515838
经　　销：	全国新华书店
印　　刷：	北京金瀑印刷有限责任公司
开　　本：	787毫米×1092毫米　1/16
字　　数：	219千字
印　　张：	15.5
版　　次：	2015年12月第1版第1次印刷
定　　价：	46.00元

网　　址：	www.cctphome.com　　邮　箱：cctp@cctphome.com
新浪微博：	@中央编译出版社　　微　信：中央编译出版社（ID：cctphome）
淘宝店铺：	中央编译出版社直销店（http://shop108367160.taobao.com）　（010）52612349

本社常年法律顾问：北京嘉润律师事务所律师　李敬伟　问小牛
凡有印装质量问题，本社负责调换。电话：（010）55626985